DAS HOCHZEITSDEBAKEL DES MILLIARDENSCHWEREN COWBOYS

McCoy Milliardärsbrüder, Buch Zwei

HOPE MOORE

Das Hochzeitsdebakel des milliardenschweren Cowboys

Ein Milliardär, der vorübergehend einer Ehefrau bedarf, eine Weingutbesitzerin, die dringend einen Investor finden muss und ein Heiratsantrag, der ihrer beider Sorgen lösen könnte. Doch werden sie die Frist von drei Monaten überstehen?

Um sein Weingut in Texas zu retten, muss Milliardär Todd McCoy innerhalb von drei Monaten heiraten und anschließend drei Monate verheiratet bleiben. Andernfalls verliert er alles. Sein Weingut, den Wein und die Marmelade, für die das McCoy Stonewall Weingut berühmt ist. Verärgert über seinen Großvater beschließt Todd, sich der Herausforderung zu stellen, denn er hat nicht vor, alles zu verlieren, wofür er hart gearbeitet hat.

Ginny Rossi liebt das kleine Weingut mit angeschlossenem exklusiven Weinverkauf, das sie und ihre Eltern aufgebaut haben. Doch dann beschließen diese plötzlich, sich zur Ruhe zu setzen und das Weingut zu verkaufen. Ihr bleiben weniger als vier Monate Zeit, um das Geld aufzutreiben, mit dem sie sie auszahlen kann. Nur ein Wunder kann ihr helfen. Niemals hätte sie erwartet, dass der Schwager ihrer frischvermählten Freundin, der ihr den letzten Nerv raubt, mit einem Vorschlag an sie herantritt, den sie nicht ablehnen kann… einen der ihnen beiden zugutekommen würde.

Wenn sie drei Monate gemeinsam überstehen, können sie beide behalten, was ihnen am teuersten ist, ihr jeweiliges Weingut. *Wenn* sie sie überstehen.

Werden sich die beiden inmitten ihrer Reben und Weintrauben ineinander verlieben?

KAPITEL EINS

„Was für ein *Debakel*. Ich wusste, dass es so kommen würde." Todd McCoy starrte Cal Emerson, den Anwalt seines Großvaters, an. Offensichtlich hatte sein Großvater den Verstand verloren, kurz bevor er vor etwas mehr als sechs Monaten gestorben war. Bevor er von ihnen gegangen war, hatte er sein Testament mit Bestimmungen versehen, die seine drei Enkelsöhne zum Heiraten zwangen. Zumindest nahm er an, dass sie alle würden heiraten müssen. Wade war als Erstes an der Reihe gewesen und da er inzwischen verheiratet war, hatte Cal nun Todds Schicksal enthüllt. Die Bedingungen schienen denen, die Wade hatte erfüllen müssen, sehr ähnlich zu sein – aber die Bedingungen, die sich sein

Großvater für seinen Bruder Morgan ausgedacht hatte, würden sie erst erfahren, wenn er selbst alles gewonnen oder alles verloren hätte. Und das machte ihm wirklich zu schaffen – warum hatte sein Großvater ein Szenario ersonnen, in dem es nur die Möglichkeiten gab, entweder alles zu gewinnen oder aber alles zu verlieren, für das sie so hart gearbeitet hatten und das sie gleichermaßen geliebt hatten? Wade war als Erster an der Reihe gewesen und – so verrückt das auch zu klingen schien – inzwischen glücklich mit Allie verheiratet, die er geheiratet hatte, um die Ranch zu retten, an deren Aufbau er mitgewirkt hatte.

Nun war es an Todd, herauszufinden, was sein Großvater geplant hatte.

Er umklammerte die Kante des Stuhls, auf dem er saß. In den letzten drei Monaten hatte er Wade dabei zugesehen, wie der sich ein Bein ausgerissen hatte, um die Ranch zu retten und nun saß sein Bruder neben ihm, immer noch verheiratet, quietschfidel und bis über beide Ohren in seine Frau verliebt.

Und trotzdem hatte Todd nicht vor, sich wie eine Marionette vorführen zu lassen.

Er hatte seinen Großvater geliebt, aber das ging entschieden zu weit. J. D. McCoy war es gewohnt gewesen, seinen Willen zu bekommen. Er hatte seine Enkel dazu erzogen, harte Arbeit zu schätzen und stolz auf das zu sein, was sie erreicht hatten. Todd war stolz darauf, die beste Traubenmarmelade herzustellen, die die Welt je gesehen hatte und glaubte fest daran, dass die McCoy Stonewall Marmelade spitzenmäßig war. Er hatte entscheidend daran mitgewirkt, das milliardenschwere Unternehmen, dem sie alle ihr Leben gewidmet hatten, dahin zu bringen, wo es heute war. Todd war auch auf den Wein stolz, den sie produzierten, aber seine persönliche Freude galt der Herstellung der Marmelade. Sein Großvater hatte das gewusst.

Er hatte es gewusst und Todd freie Hand gelassen, als dieser die Marmeladenproduktion auf ein ganz neues Level gehoben hatte, nachdem man ihm die vollständige Kontrolle über diesen Zweig des McCoy Unternehmens gewährt hatte. Und nun würde ihn sein Großvater aus dem Grab heraus seiner Leidenschaft berauben.

Einfach so.

Der Gedanke daran, dass er womöglich die Marmeladenproduktion und das Weingut verlieren würde, ließ ihn erstarren.

„Ich muss das Gleiche tun wie Wade, wenn ich das Weingut und die Marmeladenproduktion behalten möchte? Es gibt keine andere Lösung?" Er wusste, dass es keine gab, wusste, dass sein Großvater seine liebevolle Einstellung offenbar verloren hatte, als er beschlossen hatte, ihm das anzutun. Er fragte dennoch, denn er war verzweifelt.

Mr. Emerson machte sich nicht einmal die Mühe, Ja zu sagen, er nickte nur. Und lächelte.

„Speisen Sie mich nicht so ab, Cal. In diesem Testament muss mehr stecken als nur ein Nicken von Ihnen." Todd hielt es nicht länger auf seinem Stuhl aus, er stand auf, ging zum Fenster und packte den Rahmen mit beiden Händen, während er auf die Ranch starrte, die sie alle so liebten. Zumindest mussten sie sich nicht mehr darum sorgen, dass sie sie verlieren könnten. Wade hatte die Ranch gerettet.

Nun war er an der Reihe – *er*.

„Todd, die Bedingungen sind die gleichen wie bei Wade. Wenn du dein Weingut retten willst – die McCoy Marmeladen und Weinproduktion, um genau zu sein – und sie weiterhin unter deiner und der Kontrolle deiner Brüder halten willst, dann musst du innerhalb von drei Monaten heiraten und anschließend drei weitere Monate verheiratet bleiben. Da es bei Wade funktioniert hat, unterliegst du denselben Bedingungen.“

„Soll das heißen, dass Todds Bedingungen anders gelautet hätten, wenn ich es nicht geschafft hätte?“ Wade kam Todd zuvor, der dieselbe Frage hatte stellen wollen. Und aus der Ecke, in der Morgan steif und bewegungslos ausharrte, ertönte ein angewidertes Schnauben.

Sie beobachteten Cal dabei, wie er seine Finger ineinander verschränkte und dann langsam nickte.

„Es ist nicht zu fassen“, knurrte Morgan. „Er hat für alle möglichen Ausgänge andere Anweisungen hinterlassen?“

Ein weiteres Nicken.

Das verdammte Nicken hing ihnen zum Hals

heraus. Todd ließ den Kopf hängen. „Selbst vom Grab aus hat er an alles gedacht. Das klingt verdächtig nach ihm."

„Ja, das hat er. Ich kann hier nicht näher ins Detail gehen. Aber ich möchte euch noch einmal versichern, dass euer Großvater weder übergeschnappt war, noch dabei, den Verstand zu verlieren. Und er wollte euch auch nicht für irgendetwas bestrafen. Er wollte Erben. Keiner von euch machte Anstalten zu heiraten und er war es leid, darauf zu warten. Daher beschloss er, euch dazu… zu ermutigen, auch wenn ihm klar war, dass ihr trotz seiner Bedingungen vielleicht nicht heiraten würdet."

„Sie meinen, er beschloss, uns dazu zu zwingen."

Cals Lippen zuckten. „Wie ihr wisst, dachte Wade, J.D. hätte geblufft, aber ich kann euch versichern, dass er das nicht getan hat. Ich habe meine Anweisungen, das ist die Abmachung. Sobald ihr durch diese Tür geht, beginnt die Uhr zu ticken."

Morgan knurrte: „Das ist doch lächerlich. Todd hat das Unternehmen zu dem gemacht, was es heute ist. Ja, es existierte bereits und hatte auch einen guten

Ruf, als wir aufwuchsen, aber das ist kein Vergleich dazu, wo das Unternehmen heute steht. Seit Todd es vor zehn Jahren im Alter von achtzehn übernahm und seinen Marketingzauber zu entfalten begann und die Trauben derart optimierte, dass sie nun einzigartig schmecken, hat er eine Menge für das Unternehmen getan. Und das wird er nun womöglich alles verlieren? Das kann ich ganz und gar nicht gutheißen."

Das, was Morgan gesagt hatte, entsprach der Wahrheit und Todd war stolz darauf, dass sein älterer Bruder seinen Verdienst anerkannte. Ja, das erfüllte ihn mit Stolz. Andererseits war ihm klar, dass Morgan sich des Zeitdrucks nur allzu deutlich bewusst war. Auch seine Zeit würde unweigerlich kommen. Denn Morgan hatte die McCoy Stonewall Hotelkette zu dem gemacht, was sie heute war: ein Kraftpaket, das auf dem globalen Markt mithalten konnte. Ihr Großvater war herzlos. Mehr ließ sich dazu nicht sagen.

Doch einer Sache war sich Todd sicher: wenn es hart auf hart käme, dann würde er nicht derjenige sein, der andere im Stich ließe. Das würde er niemals tun. Und sein Großvater hatte das gewusst.

Also was nun? „Danke, Morgan, ich stimme dir zu. Großvater wusste, dass ich ein Teil dieses Landes bin, dass ich mit diesem Boden verwurzelt bin. Genauso wie Wade mit seiner Ranch verbunden ist. Und auch wenn dir dieses Land ebenso viel bedeutet, so schlägt dein Herz doch für die Hotellerie. Wir alle lieben was wir tun; es liegt uns im Blut. Genauso wie es Großvater im Blut gelegen hat. Und so sehr ich es hasse, das zugeben zu müssen, ich kann seine Beweggründe verstehen. Welcher Mann, der all das aufgebaut hat und gesehen hat, wie wir aufgewachsen sind, hätte keine Nachfahren gewollt? Wir haben es nicht eilig gehabt und wohl auch nicht zum Ausdruck gebracht, dass wir in naher Zukunft daran denken, zu heiraten. Ich weiß, dass ich selbst mich zu nichts verpflichten will. Ich bin noch nicht soweit." Er sah Wade an. „So hast du dich auch gefühlt, nicht wahr?"

„In vielerlei Hinsicht, ja." Wade lächelte. „Und trotzdem ich unglaublich wütend war, habe ich die beste Frau der Welt gefunden. Ich bin froh, dass ich die Herausforderung angenommen habe. Aber nur weil es einmal funktioniert hat, heißt das nicht, dass es das auch ein zweites Mal tut. Aber ich drücke dir die Daumen. Ich denke, genau das hat Großvater gewollt – dass wir es einfach ausprobieren.“

„Aber ich will es gar nicht ausprobieren.“

„Ganz genau“, stimmte Morgan Todd zu.

Todd fuhr sich mit der Hand durchs Haar und versuchte, sich damit abzufinden. Nein, er war nicht gerade glücklich – ganz im Gegenteil – aber er würde es nicht zulassen, dass er alles verlor, wofür er so hart gearbeitet hatte. „So sehr mir das Ganze auch missfällt, ich weiß doch, wann ich nachgeben und etwas tun muss. Aber merkt euch eins: Es wird ein Wunder geschehen müssen, damit ich es auch nur in Erwägung ziehe, irgendeiner ahnungslosen Frau einen Heiratsantrag zu machen. Ich kann es nicht leiden, wenn jemand anderes für mich entscheidet und wenn ich jemals wirklich heirate, dann werde ich es tun, weil *ich* mich dazu entschieden habe und nicht, weil mich die Pläne meines Großvaters dazu gezwungen haben.“

Ohne ein weiteres Wort zu sagen, drehte er sich

um und schritt durch die Tür hinaus in den Sonnenschein. Ihm war schlecht und er war wütend. Er brauchte ein Wunder.

Ginny Rossi starrte ihre Eltern ungläubig an. *Was?* „Ihr werdet doch nicht, *könnt* das Weingut nicht verkaufen. Wo kommt denn diese Idee auf einmal her?"

Ihre Eltern hatten mit dem Aufbau des Weinguts begonnen, als sie noch ein Kind gewesen war. Sie hatte zwischen den Reben gespielt und war mit dem Unternehmen herangewachsen und hatte dann ihren eigenen Platz darin gefunden. Als junge Erwachsene hatte es ihre Leidenschaft entfacht. Sie träumte davon, das kleine Weingut zum besten von ganz Texas zu machen und befand sich auf einem guten Weg dahin. Aber jetzt – *das*? „Was denkt ihr euch bloß dabei?", wiederholte sie, was sie bisher nur gedacht hatte und funkelte ihre Eltern an.

„Beruhige dich doch, Sonnenschein." Ihr Vater fuhr sich mit der Hand übers Gesicht und begegnete ernst ihrem Blick. „Wir haben lange darüber nachgedacht."

„Du willst mir also sagen, dass ihr zwei das hinter meinem Rücken ausgeheckt habt." Sie besaß seine Charakterstärke und seinen Mut und er hatte sie stets dazu angehalten, ihre Meinung zu sagen und sie würde nun nicht still sein, nur weil er seine Sicht der Dinge zum Ausdruck gebracht hatte. Sie wollte aus seinem Mund hören, warum sie beschlossen hatten, ihr den Boden unter den Füßen wegzuziehen.

„Deine Mutter und ich wollen in den Ruhestand gehen und natürlich denken wir auch an dich. Das Angebot kam aus heiterem Himmel. Es hat uns überrascht und wir haben lange darüber nachgedacht. Die gebotene Summe ist äußerst großzügig und übertrifft unsere Erwartungen deutlich. Es wäre ein guter Einstieg in den Ruhestand und wir müssten uns bereits dieses Jahr keine Sorgen mehr darüber machen, wie gut die Ernteerträge ausfallen und ob der Wein das investierte Geld wieder abwirft. Außerdem könnten wir reisen, ohne an die Erntezeit und Abfüllpläne gebunden zu sein. Aber es geht dabei nicht nur um uns

– das Geld wird auch dir zugutekommen. Du wirst dir nie wieder um irgendetwas Sorgen machen müssen. Wir werden das Geld investieren und dir wird es an nichts fehlen. Wir dachten uns, dass es gut für dich sein könnte, Zeit zu haben, um herauszufinden, was du wirklich im Leben möchtest. Vielleicht hättest du endlich die Zeit, um einen Ehemann zu finden und eine Familie zu gründen. Und wenn du herausfinden solltest, dass ein Weingut das ist, was du willst, dann könntest du dir ein eigenes aufbauen."

Ihre Mutter sah sie mit sanftem Blick an. „Es ist ja nicht so, als hättest du dich für die Arbeit auf dem Weingut entschieden. Du wurdest einfach in sie hineingeboren. Hast du jemals daran gedacht, dass es auch andere Dinge geben könnte, für die du dich begeistern kannst? Dies würde dir Gelegenheit dazu bieten."

Es war unglaublich. Sie hatten einfach gar nichts verstanden. „Nein. Ich liebe diesen Ort. Ich empfinde es als Segen, dass ich hier geboren wurde und hier aufwachsen durfte. Ihr könnt mir das nicht einfach wegnehmen." Sie verstand den Standpunkt ihrer

Eltern; das tat sie wirklich. Sie hätten mit einem Mal ausreichend Geld für den Ruhestand – sie würden sich nicht weiterhin Jahr um Jahr Gedanken darüber machen müssen, ob das kleine Weingut genug abwarf, um über die Runden zu kommen. Aber der Gedanke daran, dass ein großer Konzern ihr Weingut übernehmen würde… das schmerzte. Ihr Wein würde fortan unter deren Bezeichnung geführt werden und der Name ihres *Rossi Rose of Tyler* Weingutes würde verschwinden. Ihr Name, all die harte Arbeit würden einfach ausgemerzt werden. So als ob es sie nie gegeben hätte. Sie hatte so viel dafür getan, um ihre Marke zu entwickeln und sie bekannt zu machen. Das war ihr Leben.

Ihr *Leben.*

Sie brauchte Zeit zum Nachdenken. Sie holte tief Luft und erkämpfte sich so ein paar Sekunden. „In Ordnung, wartet. Wartet noch ein bisschen." Sie hob ihre Hände, als ob ihr das dabei helfen würde, besser zu denken. „Was wäre denn, wenn… was wäre, wenn ich einen Weg finden würde, um das Geld aufzutreiben, dass ihr benötigt? Ich meine, vielleicht könnte ich euch auszahlen und euch so viel Geld geben, dass ihr in etwa so gut dasteht wie im anderen Fall."

Ihre Mutter sah besorgt aus, ihr Vater schüttelte nur den Kopf. „Ginny, du weißt, dass ich an dich glaube, aber das ist einfach zu viel. Ich werde verkaufen. Du brauchst dich nicht zu verschulden. Das würde ständig über deinem Kopf schweben. Du könntest alles verlieren. Und du würdest nur noch mehr arbeiten und niemals herausfinden, dass es noch mehr im Leben gibt."

„Ich möchte gar nicht herausfinden, was es noch so gibt." Ginny sprang von ihrem Stuhl und wanderte erregt auf und ab. Sie riss sich ihren blaugrünen Cowboyhut vom Kopf und schlug ihn gegen ihre Beine, während ihre Gedanken umherwirbelten. „Dad, komm schon, gib mir sechs Monate. Tu mir das nicht an."

Er sah hin- und hergerissen aus. „Das kann ich nicht. Das Angebot steht nur für weitere vier Monate."

„Dann gib mir wenigstens diese Zeit. Dad, du musst mir eine Chance geben, meinen Traum zu verwirklichen."

Ihr Vater sah aus, als stünde er kurz davor, einen Anfall zu bekommen. Beide Hände in die Hüften gestemmt und die Schultern hochgezogen, starrte er aus dem Fenster. Seine Körpersprache verhieß nichts Gutes. Sie würde betteln, wenn es nötig war. Ihre Gedanken wirbelten umher. *Was konnte sie tun?*

Sie starrte ihn an, versuchte, ihm all die Verzweiflung zu vermitteln, die sie spürte. „Komm schon, Dad. Es ist ja nicht so, als könntest du dabei etwas verlieren. Du musst mir eine Chance geben."

Sein Blick begegnete ihrem und sie forschte in seinen Augen nach einer Antwort. Sie keuchte, als ihr klar wurde, was sie dort sah. *Er glaubte nicht an sie.* Er dachte nicht, dass sie das Geld beschaffen konnte. Oder er hielt es nicht für wahrscheinlich, dass sie erfolgreich sein würde, wenn es ihr gelingen sollte, sich genug Geld zu leihen, um ihn auszuzahlen.

Diese Erkenntnis traf sie hart. Härter, als alles andere es vermocht hätte.

Sie richtete sich auf und verschränkte die Arme vor der Brust. Wahrscheinlich glühten ihre Augen vor Wut. Wut, die den Schmerz überdecken sollte, dass er nicht an sie glaubte. Das sollte er nicht sehen. „Du schuldest mir eine Chance. Ich habe mir den Hintern für dieses Weingut aufgerissen. Ich sollte ein Mitspracherecht haben bei etwas, bei dem es um mein Leben geht. *Mein Leben.*"

„In Ordnung. Du hast gewonnen. Aber wenn ich nicht vollständig von dem überzeugt bin, was du auf die Beine gestellt hast, dann gehe ich auf das andere Angebot ein. Und du wirst deswegen nicht mit mir streiten. Abgemacht?"

„Abgemacht", fauchte sie ohne zu zögern. „Dann mache ich mich wohl besser an die Arbeit." Mit diesen Worten wirbelte sie herum und stürmte aus dem Raum, sie war so wütend, dass sie kurz davorstand, Feuer zu speien. Aber ihr blieb keine Zeit, um sich zu beruhigen. Sie stieg in ihren Jeep und gab Gas. Ihr Ziel war eine Stelle im Norden des Weinguts, wo sie in Ruhe sitzen und nachdenken konnte. Sie brauchte einen Plan.

Sie würde ein Wunder brauchen und vor kreativen Ideen nur so überquellen müssen, um irgendwie das Geld zu beschaffen, das sie benötigte, um ihre Träume zu retten.

KAPITEL ZWEI

Allie McCoy nahm den Anruf entgegen, sobald sie den Namen ihrer besten Freundin auf dem Display ihres Telefons entdeckte. „Ginny, ich freue mich so, dass du anrufst-"

„Sie verkaufen das Weingut an ein Unternehmen", stieß Ginny hervor ohne sich damit aufzuhalten, Hallo zu sagen. „Damit werden sie es zerstören. Unsere Marke wird verschwinden, sie werden unseren Wein mit einer Reihe anderer zusammen anbieten, wahrscheinlich haben diese die Qualität eines beliebigen Weins aus dem Laden. Es ist schrecklich. Aber ich werde das nicht zulassen. Nein, das werde ich nicht. Ich werde mich um einen Deal kümmern. Ich werde sie auszahlen müssen."

Allie lauschte den flammenden Worten ihrer besten Freundin mit offenem Mund. Ihrer knallharten Freundin, die immer ihr Rückgrat gewesen war, ihre Beschützerin, die immer das Kommando übernahm und ihr in den Hintern trat, wenn es nötig war und die sie von ganzem Herzen liebte. Gerade war sie aufgeregt. Furchtbar aufgeregt. Ihr Herz schlug für das Rossi Rose of Tyler Weingut. *Was dachten ihre Eltern bloß?*

„Ginny, beruhige dich. Ich verstehe dich und ich kann es kaum glauben."

Ginny stieß einen tiefen Seufzer aus. „Ich auch nicht", sagte sie und klang für einen Moment verloren und sonderbar verletzlich.

Und das war der Punkt: schon immer war Allie die Ruhige und Verletzliche von ihnen beiden gewesen. Ginny war die Harte, die ihre schwachen Momente vor ihren Mitmenschen verbarg. Nicht einmal Allie hätte diese miterleben sollen, doch ab und zu – und das war nur äußerst selten geschehen – war sie Zeugin eines solchen Moments geworden. Allie wusste, dass ihre Freundin nur selten zusammenbrach.

Sie waren so unterschiedliche Freundinnen, dass man einen vollständigen Kreis beschrieb, wenn man die Gegensätze der beiden aufzählte. Ginny half ihr dabei, mutiger zu sein und sie half Ginny dabei, ihre in der Regel aggressive Herangehensweise an Situationen etwas abzumildern.

Allie hatte Ginny noch nie so aufgebracht erlebt.

„Das ist der Stand der Dinge. Ich werde das Geld auftreiben müssen, ansonsten verkaufen sie das Weingut. Mir bleiben vier Monate, um das Geld zu beschaffen und meinen Vater davon zu überzeugen, nicht auf das andere Angebot einzugehen. Aber Allie, ich kann verstehen, warum sie es tun wollen. Sie arbeiten unglaublich hart und so großartig unser Wein auch ist, sie müssen sich doch jedes Jahr darum sorgen, wie die Ernte ausfällt und ob sie ein weiteres Jahr überstehen werden. Sie wollen in den Ruhestand gehen und dieses Angebot ist praktisch eines, wie man es nur einmal im Leben bekommt."

„Wie wundervoll für sie. Und auf der anderen Seite so schrecklich für dich."

„Genau. Aber ich denke, dass ich es schaffen

könnte, wenn ich die volle Kontrolle über das Weingut hätte. Ich möchte nicht dasselbe wie sie. Ich muss verhindern, dass sie verkaufen. Ich muss einen Weg finden, um das Geld zu beschaffen." Sie lachte unwirsch. „Ich brauche ein Wunder. So eines wie deins. Einen Milliardär, der plötzlich auftaucht, mir den Deal meines Lebens anbietet und verspricht, sich danach wieder zurückzuziehen. Naja, vielleicht auch nicht, aber du weißt, was ich meine." Sie seufzte. „Ich werde einen Weg finden. Ich musste mir nur etwas Luft machen und mir war klar, dass du es verstehen würdest."

Außerdem war Allie der einzige Mensch, dem sie etwas derart Persönliches erzählen würde. Sie hielt ihre Mitmenschen gern auf Armeslänge Abstand – was machte sie sich da bloß vor… die Länge eines Fußballfeldes traf es wohl eher.

Allie hielt den Atem an, als ihre Gedanken zu dem wanderten, was an diesem Morgen geschehen war. Sie hatte gerade auf der Terrasse vor ihrem Schlafzimmer gesessen und geschrieben, als Wade hereingekommen war. Sie hatte an ihrem Roman gearbeitet. Sie war mit ganzem Herzen dabei und voller Aufregung. Er hatte sich zu ihr auf die Liege gesetzt, ihr einen Arm um die Schultern gelegt und ihr erzählt, dass sein Großvater Todd die gleichen Bedingungen auferlegt hatte wie ihm selbst. Andernfalls würden sie das Weingut und die angeschlossenen Unternehmen verlieren. Todd musste heiraten oder er würde die Marmeladenproduktion und das Weingut verlieren. Allie konnte sich Todd und Ginny beim besten Willen nicht zusammen vorstellen, aber dramatische Zeiten erforderten dramatische Maßnahmen, oder? *Sollte sie das erwähnen?*

Es könnte unter Umständen die Lösung für die Probleme der beiden bedeuten. Nur leider verstanden sie sich kein bisschen. Es war nicht auszuschließen, dass sie einander schaden würden. Sie würde Wade deswegen fragen müssen. *Bevor* sie es Ginny gegenüber erwähnte.

„Ginny, was auch immer du auch machst, tu nichts Unüberlegtes. Du hast vier Monate Zeit, um einen Plan aufzustellen, der funktioniert. Du brauchst einen Investor – das kann doch eigentlich gar nicht so schwer sein, oder? Dein Wein gehört zu den besten und Gewinn erzielt ihr doch auch, oder?“

„Ja, das tun wir und der Wein selbst wird immer bekannter. Ich glaube, mein Vater hat dem Ganzen einfach nicht genug Zeit gegeben.“

„Okay, es ist ja gerade erst geschehen. Beruhige dich also und atme erst einmal tief durch. Nimm dir dann einen Stift und ein Stück Papier und notiere die verschiedenen Möglichkeiten. Möchtest du, dass ich das Flugzeug nehme und zu dir komme? Wir könnten uns treffen und vielleicht könnte ich dir dabei helfen?“

„Nein, das ist schon in Ordnung. Ich sag dir was – wenn ich deine Hilfe benötige, dann schreie ich. Aber du hast recht. Ich muss mich beruhigen. Ich muss die verschiedenen Möglichkeiten zu Papier bringen, sie von allen Seiten betrachten und einen Plan erstellen. Du schaffst es immer, mich zu beruhigen, wenn ich am Abgrund stehe.“

Allie kicherte. „Dafür weißt du immer, wie du mich dazu bringst, noch den einen Schritt weiterzugehen.“

Sie lachten. Das stimmte.

Nachdem Allie aufgelegt hatte, wählte sie Wades Nummer.

„Hey, Darlin'. Haben wir uns nicht gerade erst gesehen?"

„Ja, haben wir. Aber gerade ist etwas sehr Interessantes geschehen."

„Wirklich? Interessanter als das, was ich dir vorhin erzählt habe? Darüber, dass Todd innerhalb von drei Monaten eine Frau finden muss? Es ist wie bei einem Déjà-vu. Meine Güte, ich hoffe, er findet eine Frau, die auch nur halb so fantastisch ist wie du. Allerdings glaube ich nicht, dass das möglich ist – was heißt glauben, ich *weiß*, dass das nicht geht."

Ihr Herz schwoll an. Sie liebte diesen Mann so sehr. In ihren wildesten Träumen hätte sie sich nicht vorstellen können, dass sie einen Cowboy in einer Raststätte kennenlernen und am nächsten Tag bereits mit diesem – einem Milliardär – verheiratet sein könnte. Es war zu verrückt, um es sich vorzustellen und geradezu unglaublich, dass sie sich in dieser abwegigen Situation tatsächlich ineinander verliebt hatten.

„Nun ja, irgendwie schon. Ich habe gerade mit Ginny telefoniert. Ihre Eltern wollen das Weingut an ein großes Unternehmen verkaufen. Für eine Menge Geld. Damit sie in Rente gehen können. Ginny würde in diesem Fall alles verlieren, was ihr etwas bedeutet. So wie es dir mit der Ranch ging und genauso wie es sich für Todd gerade anfühlt. Ginny geht es genauso. Aber sie will etwas dagegen tun. Sie hat vier Monate Zeit, um das Geld aufzutreiben, dass ihren Vater davon abhalten würde, an das Unternehmen zu verkaufen. Wade, sie braucht einen Milliardär." Mehr sagte sie nicht. Sie sagte nicht, was ihr durch den Kopf ging, weil es zum einen nur schwer vorstellbar war, dass es tatsächlich geschehen könnte und zum anderen bestand einfach nicht ein Hauch von Sympathie zwischen den beiden.

Am anderen Ende der Leitung wurde Wade mit einem Mal sehr leise. „Allie, meinst du das ernst?" Keiner von ihnen sagte etwas. „Nein… ich kann nicht einmal in Worte fassen, was mir durch den Kopf geht."

Sie kicherte. „Das weiß ich, denkst du nicht auch? Sie würden sich gegenseitig umbringen. Als Ginny vor einem Monat hier war, sind sie überhaupt nicht miteinander ausgekommen. Aber…"

„Ja, aber sie könnten sich gegenseitig helfen. Das einzige Problem dabei ist, dass Großvater wollte, dass wir die Chance auf eine echte Ehe haben. Und ich kann wirklich nicht sagen, dass ich mir vorstellen kann, dass zwischen Todd und Ginny dasselbe geschieht wie zwischen dir und mir. Meine Güte, diese Ginny… ich meine, ich mag sie und alles und ich bin froh, dass sie deine Freundin ist. Sie hat sich immer um dich gekümmert. Aber ich muss sagen, ich könnte mir nicht vorstellen, mit ihr verheiratet zu sein."

„Hey, sprich nicht schlecht über meine Freundin. Aber ja, ich verstehe, was du meinst. Sie sagt, was sie denkt und ist sehr direkt. Manchmal ist es ein bisschen schwierig, mit ihr auszukommen. Aber du kennst auch Todd – er ist auch nicht gerade immer bester Stimmung. Ich meine, er ist zwar nett zu mir, aber er ist ziemlich mürrisch."

„Ja, Liebling, du hast recht. Und er sollte das hinter sich bringen. Je eher er heiratet, desto eher sind die drei Monate rum. Ich werde das ihm gegenüber erwähnen. Das ist es doch, was du wolltest, oder?"

Sie stöhnte. „Ich weiß es wirklich nicht, Wade. Ich habe es Ginny gegenüber nicht erwähnt, als wir miteinander gesprochen haben. Ich denke, alles was wir tun können, ist, dass du es Todd gegenüber erwähnst und ich es Ginny gegenüber erwähne und dann sind wir raus aus der ganzen Sache. Dann können sie sich darüber klarwerden, ob sie es tun wollen oder nicht. Sie müssen entscheiden, ob sie glauben, dass sie die drei Monate zumindest halbwegs miteinander auskommen können."

„Du denkst aber doch nicht, dass sie Loretta mitbringen wird, oder?"

Sie lachte. „Ich werde mich dazu nicht äußern, denn wer weiß das schon." Sie lachten beide, wohlwissend, dass Wade um ein Haar die Bekanntschaft von Ginnys Loretta – einer pinkfarbenen Schrotflinte – gemacht hätte, als ihre Freundin versucht hatte, sicherzustellen, dass Wade sich Allie gegenüber korrekt vernahm.

„Nun ja, ich kann dazu nur folgendes sagen: wenn Todd meint, die Sache mit Ginny durchziehen zu wollen, dann sollte er wohl besser spuren, wenn er nicht will, dass deine Freundin Loretta mit hierherbringt."

„Du weißt, dass wir nur scherzen, oder? Sie würde Loretta niemals für etwas anderes benutzen, als sich gegen einen Eindringling oder einen Angreifer zur Wehr zu setzen."

„Ja, das weiß ich, aber sie ist trotzdem einschüchternd."

„Das will sie auch sein." Allie lächelte. „Als wir aufgewachsen sind, war es großartig, sie an meiner Seite zu haben. Niemand hat sich mit mir angelegt."

„Gut. Das macht mich glücklich. Ich denke, dass sie meinem Bruder auf eine gewisse Art guttun könnte."

Allie lächelte. „Das denkst du?"

„Ja, das tue ich. Wir passen gut zueinander, aber Todd braucht jemanden, der einer Konfrontation nicht aus dem Weg geht, genau wie deine Ginny. Ich hoffe, dass es so kommt. Es würde äußerst unterhaltsam werden."

„Ja, das würde es."

KAPITEL DREI

Todd saß in seinem Büro und starrte auf die Reben hinaus. Er konnte sich noch gut an den Tag erinnern, an dem sein Großvater dieses Stück Land gekauft hatte. Das ehemalige Weingut war nicht mehr bewirtschaftet worden und sie hatten es für einen Appel und ein Ei bekommen. Sein Großvater hatte es erworben, weil er das Potenzial darin erkannt hatte. Todd war an diesem Tag bei ihm gewesen und hatte es ebenfalls erkannt. Todd mochte die Arbeit auf der Ranch und er ritt gern, aber er hatte schon immer etwas schaffen wollen, das er selbst von Grund auf aufgebaut hatte.

Er hatte diesem Ort seinen Stempel aufdrücken wollen. Er hatte sich danach gesehnt, etwas zu haben, das nicht seine Vorfahren geschaffen hatten. Außerdem hatte er sich nicht auf das Öl, mit dem die McCoys gesegnet waren, verlassen wollen. Nein, er hatte sich angestrengt und gelernt, Sachverhalte recherchiert und Verkaufswissen erworben. Und es ging ihnen großartig. Und nun legte ihm sein Großvater diesen riesigen Stein in den Weg. Er würde jemanden heiraten müssen. Zunächst musste er sich darüber klarwerden, wer das sein sollte. In Gedanken ging er eine Liste der in Frage kommenden Kandidatinnen durch, zunächst dachte er an alle Frauen, mit denen er jemals ausgegangen war. Aber aus dem einen oder anderen Grund hatte er genau das irgendwann nicht mehr tun wollen. Es war keine dabei, die er heiraten wollte.

Auf seiner Liste standen auch ein paar weibliche Freunde. Aber welcher Freund wäre schon bereit, ihm drei Monate seines Lebens zu schenken? Darum konnte man doch niemanden bitten. Wie durch ein Wunder war Wade genau das gelungen. Er wusste nicht, ob er dazu in der Lage wäre. Er griff nach seinem Handy, sprang auf und trat durch die Tür hinaus in den Sonnenschein. Er ging zu seinen Weinstöcken und winkte einigen seiner Männer zu, die darin arbeiteten. Er schritt durch eine der unzähligen Reihen an Weinstöcken und ließ alles hinter sich, während er den Weg entlangging. Seine Gedanken wirbelten umher und er dachte an die Vielzahl von Dingen, die er berücksichtigen musste. Wen könnte er bitten, diese vorübergehende Ehe mit ihm einzugehen? Denn in dieser Beziehung würde er ehrlich sein müssen. Er hatte nicht vor, verheiratet zu bleiben. Diese Macht hatte sein Großvater nicht über ihn. Er hatte sein Marmeladen- und Weingeschäft nicht aufgebaut, nur damit sein Großvater es ihm entriss. Das kam auf keinen Fall in Frage.

Sein Telefon klingelte. Er zog es aus der Tasche und sah, dass es Wade war. Wahrscheinlich rief er an, um ihm Mut zu machen. Sein Bruder war so überbordend glücklich, dass er praktisch eine Spur aus Marshmallows, Sternen und Kleeblättern hinter sich herzog.

Er hielt sich nicht mit einem Hallo auf. „Wenn du einen Rat hast, dann immer her damit. Ich bin so sauer, dass ich Hufeisennägel spucken könnte."

Wade lachte. „Und das soll etwas Neues sein? Aber vielleicht kann ich dir wirklich helfen. Es hat eine äußerst interessante Entwicklung gegeben. Eine, die mir ehrlich gesagt wie ein Wunder vorkommt, das das Potential hat, sich unversehens zu einer Katastrophe zu entwickeln."

Todd runzelte die Stirn. „Was soll das heißen?"

„Meine liebe Frau hat mir gerade mitgeteilt, dass Ginny – du erinnerst dich doch an Ginny?"

„Wie könnte ich dieses übellaunige, herrische Cowgirl vergessen?"

Dieses hinreißende herrische Cowgirl.

Wade lachte erneut. „Ich dachte mir schon, dass du das sagen würdest. Nun ja, sie befindet sich scheinbar in einer schwierigen Situation und muss jemanden finden, der über ein gewisses Vermögen verfügt. Es sieht so aus, als wollten ihre Eltern ihr Weingut verkaufen, um in den Ruhestand gehen zu können. Die einzige Möglichkeit, sie aufzuhalten, besteht offenbar darin, dieselbe Geldsumme aufzubringen, die ein Unternehmen ihnen für das

Weingut geboten hat.“

Todd blieb stehen und murmelte: „Heilige Scheiße.“

Ginny. Der Hitzkopf aus Zentraltexas. Sie waren in etwa so gut miteinander ausgekommen wie Feuer und Schwefel, aber das musste schrecklich für sie sein.

„Wow.“ Er ließ das Wort gemächlich über seine Lippen kommen, während seine Gedanken in alle Richtungen wirbelten. „Ich verstehe, worauf du hinauswillst. Ich würde das nicht gerade als göttliche Fügung bezeichnen. Ginny kann mich nicht ausstehen und ich mochte sie auch nicht besonders. Sie war noch keine fünf Minuten hier, da versuchte sie mir bereits zu sagen, wie ich mein Geschäft zu führen habe. Ich kann mir nicht vorstellen, wie es wäre, wenn sie ganze drei Monate hier wäre. Ist dir klar, wie sehr sie versuchen würde, mir in mein Unternehmen hineinzureden?“

Wade lachte. „Vielleicht wäre es nicht ganz so schlimm. Allie ist diejenige, die meint, dass ihr zwei euch zusammentun und einander helfen solltet. Aber sie hat Ginny noch nichts davon erzählt. Sie hat es zunächst mir gesagt, damit ich mit dir darüber sprechen kann. Ginny ist ihre beste Freundin und sie liebt sie sehr. Ginny braucht Hilfe und du auch. Aber wir möchten nicht, dass unsere Beziehungen zu einem von euch darunter leiden. Deswegen solltet ihr es nur tun, wenn ihr euch beide damit wohlfühlt und denkt, dass ihr das Ganze einvernehmlich durchziehen könnt."

Todd riss sich seinen Hut vom Kopf, schlug ihn gegen sein Knie und starrte auf den Boden. Er müsste verrückt sein, um das in Betracht zu ziehen.

Er müsste verzweifelt sein.

Er war verzweifelt.

Er stöhnte. „Wie viel Zeit bleibt ihr?"

„Das Angebot ihrer Eltern läuft in vier Monaten aus. Für mich sieht es so aus, als würde der Zeitrahmen passen. Wenn ihr schnell heiratet, würdest du die drei Monate, die du hast, um eine Frau zu finden, umgehen und direkt in die drei Monate starten, die du verheiratet bleiben musst. Anschließend stehen dir die Weinberge und die Marmeladen- und Weinproduktion zu, ohne jeden Zweifel."

„Ich müsste verzweifelt sein, um sie hierherzubringen. Tatsächlich bin ich verzweifelt und eilig habe ich es auch. Warum es in die Länge ziehen? Weißt du, wo sie wohnt?"

„Willst du zu ihr?"

„Ja. Ich denke, das ist nichts, was man am Telefon bespricht. Außerdem habe ich das Gefühl, dass sie den Hörer auflegen würde, sobald sie bemerkt, dass ich es bin. Ich nehme den Jet."

Am anderen Ende der Leitung war es für einen Moment still. Schließlich gab Wade ein leises Pfeifen von sich. „In Ordnung, ich schicke dir ihre Adresse. Und Todd… geh es behutsam an. Einen Tiger packt man nicht beim Schwanz. Und dieser spezielle Tiger sollte für die kommenden drei Monate auf deiner Seite stehen."

„Ja, ich weiß. Hoffentlich wird ihr klar, dass sie mich genauso braucht, wie ich sie… es fällt mir schwer, zu glauben, dass ich das gerade gesagt habe. Aber es stimmt. Ich brauche sie."

„Ganz genau."

Todd fuhr sich mit einer Hand durchs Haar und verzog das Gesicht. „Wird schon schiefgehen."

Einen Tag, nachdem Ginnys Eltern ihr mitgeteilt hatten, dass sie vorhatten zu verkaufen, verließ Ginny das Gerichtsgebäude und trat hinaus in den gleißenden Sonnenschein. Sie hatte mit jedem gesprochen, der ihr eingefallen war und war auf eine gewisse Hilfsbereitschaft gestoßen, aber das zugesagte Geld würde bei weitem nicht ausreichen. Doch sie befand sich in einer Alles-oder-Nichts-Situation und darüber war sie sich nur allzu bewusst. Sie starrte in den Zuckerwattehimmel, Vögel zwitscherten in den Bäumen. Es war ein wunderschöner Tag, doch das interessierte sie nicht im Geringsten. Innerlich fühlte sie sich wie ausgehöhlt – es hätte sie daher nicht gestört, wenn es dunkel und stürmisch gewesen wäre. Doch sie würde nicht aufgeben. Es war alles eine Frage der Wahrscheinlichkeit. Die meisten würden auf ihre Anfrage mit einer Ablehnung reagieren. Sie brauchte nur die eine oder andere Zusage… okay, ein paar Zusagen, hinter denen hoffentlich eine Menge Nullen standen. Um ehrlich zu sein wusste sie nicht einmal, an wen sie sich wenden sollte, um nach einer solchen Geldsumme zu fragen.

Sie öffnete die Augen. Zog die Brauen zusammen. *Allie standen solche Summen zur Verfügung.* Sie hatte noch gar nicht daran gedacht, dass sie Allie fragen könnte. Aber nein, Allie hatte erst vor Kurzem ihren Milliardär geheiratet. Sie würde sie nicht bei der erstbesten Gelegenheit um Geld bitten. Nein, sie würde das alleine schaffen. Der Gedanke daran, dass Allie einen McCoy geheiratet hatte, ließ Ginny sofort an den verfluchten Todd McCoy denken. Dieser Mann ging ihr unter die Haut. Der gutaussehende, besserwisserische Cowboy hatte sie in letzter Zeit um den Schlaf gebracht. Da stand sie und dachte an den lästigen Cowboy und als hätte sie ihn heraufbeschworen, hörte sie plötzlich jemanden zu ihrer Linken gedehnt sprechen. Und sie kannte diese Stimme.

„Nun, wenn das mal nicht Ginny Rossi ist. Dass

ich dich hier vor dem Gerichtsgebäude treffe.“

Ginny drehte sich langsam in die Richtung von Todd McCoys starkem texanischen Dialekt. Ja, da war er. Er lehnte mit gekreuzten Beinen an dem Picknicktisch aus Beton unter der großen Eiche. Er trug glänzende, teure Stiefel, gestärkte Jeans und ein strahlend weißes, gestärktes Hemd, dessen Ärmel bis zu den Ellbogen hochgerollt waren und muskulöse, gebräunte, *hinreißende* Unterarme und ein Paar Hände enthüllten, die ihr schon aufgefallen waren, als sie ihn das letzte Mal gesehen hatte. Diese Arme waren nun über seiner harten Brust verschränkt und er hatte den Kopf leicht geneigt. Sein recht langes, sonnengebräuntes Haar kräuselte sich unter dem gefilzten Cowboyhut hervor. Und dann waren da noch diese stahlblauen Augen, die aussahen wie die tiefen Wasserbecken des Guadalupe, die sie nun träge musterten, als er sie unverwandt anstarrte.

Er ließ seinen Blick über sie gleiten und obwohl sie ihn eigentlich nicht mochte, reagierte doch aus unerfindlichem Grund etwas in ihrem Inneren auf ihn.

Auch sie verschränkte ihre Arme und verlagerte ihr Körpergewicht auf ein Bein. Sie starrte den Mann mit kühlem Blick an. „Soweit ich weiß, Cowboy, bin ich hier in meiner Gegend. Die Frage lautet also wohl eher, was machst du hier? Solltest du nicht auf deiner kleinen Geleebohnen-Farm sein?"

Er gluckste. Sein Blick hielt ihren unerschütterlich fest. „Ich denke nicht, dass meine kleine Geleefarm Bohnen anbaut. Aber sie schlägt sich ganz wacker, wenn es um Gelees und Marmeladen geht. Und um Trauben. Und Wein."

„In diesem Punkt muss ich mich auf dein Wort verlassen. Aber das beantwortet nicht meine Frage – was tust du hier? Du bist weit weg von zu Hause, etwa fünf Stunden würde ich sagen."

„Tatsächlich stecke ich in der Klemme. Und verrückterweise habe ich gehört, dass du ebenfalls in Schwierigkeiten steckst."

„Was weißt du?" Sie kniff die Augen zusammen und starrte den Cowboy an. *Hatte Allie diesem Trottel etwas über ihre Probleme erzählt?* Okay, das war nicht fair und das wusste sie. Sie mochte den Kerl nicht, aber er war schließlich Allies Schwager. Wahrscheinlich hatte sie Wade von ihrem Dilemma erzählt, der es wahrscheinlich Todd gegenüber erwähnt hatte. Deswegen sollte sie sich nicht aufregen.

„Nun ja, da ich ebenfalls ein kleines Problem habe, sind wir wohl quitt. Die Sache ist die, ich denke, wir könnten uns von gegenseitigem Nutzen sein. Schau mal, ich muss vor Ablauf von drei Monaten verheiratet sein. Das hast du schon einmal gehört, oder?"

„Das soll doch wohl ein Scherz sein. Dein Großvater hat dir dasselbe angetan?"

Todd sah nicht gerade glücklich aus, als er nickte. „Ja, das könnte man so sagen. Ich bin der zweite Dominostein, der fällt, wie er es zu nennen pflegt. Wade war als Erstes an der Reihe und nun bin ich dran. Und nach mir wird Morgan herausfinden, was er für ihn geplant hat. Ich bin sicher, dass Großvater für ihn etwas gleichermaßen Schreckliches vorgesehen hat... vielleicht hat er sogar das Pech, dass er als Letzter noch weitere teuflische Hürden zu nehmen hat.

Die beiden sind ständig aneinandergeraten. Er kommt nur selten vorbei, obwohl er ein Haus auf der Ranch besitzt."

Ginny begann lauthals zu lachen. „Nun, Cowboy", sagte sie schließlich, „eins kann ich dir sagen, du bist nicht wirklich der Typ, der heiratet. Wade dachte das auch, aber im Grunde genommen hat er genau das gewollt. Du hingegen… nein. Dein Großvater stand wohl etwas neben sich, als er dachte, du würdest heiraten und es würde etwas daraus werden. Das wird lediglich deine Dating-Routine für einige Zeit durcheinanderbringen."

„Nur zu deiner Information, ich gehe nicht sehr oft aus. Bisher sind mir kaum Frauen begegnet, die die Mühe wert gewesen wären."

Ihre Blicke bohrten sich ineinander. „Nun, ich kann dasselbe über mich sagen. Ich habe noch keinen Mann gefunden, für den ich besonders viel empfunden hätte. Und schon gar keinen, bei dem ich dachte, dass ich ihn unbedingt heiraten müsste."

„Das überrascht mich nicht."

„Ja, denn du bist ein Besserwisser. Was dir in deiner Situation nicht gerade helfen wird."

„Dir in deiner auch nicht. Wie ich gehört habe, brauchst du Geld. Deswegen möchte ich dir einen Vorschlag machen."

„Einen Vorschlag?" Sie wollte dem noch etwas hinzufügen, unterbrach sich dann aber. *Oh wow.* „Nein, auf gar keinen Fall."

KAPITEL VIER

Todd starrte Ginny an. Sie war süß. Sie hatte wildes braunes Haar und eine hübsche Figur unter den Westernhemden und Jeans, die sie so liebte und zu denen sie offenbar meist diese abgetragenen alten Stiefel trug. Und dann war da auch noch ein Hut. Er sah sie gerade zum zweiten Mal und sie trug auch dieses Mal einen Hut, diesmal jedoch in einer anderen Farbe. Dieser war violett – ein Hut, den nur eine Frau tragen würde. Die violette Farbe verlieh ihren grauen Augen einen Ton, der dem von Lavendel auffallend ähnelte. Doch diese Augen konnten Funken sprühen wie Gewitterwolken, wenn sie wütend oder gereizt war. Er mochte ihre Augen und ihre Haare, was er hingegen nicht mochte, waren ihre Rechthaberei und ihr besserwisserisches Verhalten. Von dem Moment an, an dem er sagte, was er sagen wollte, würde sie ihm Ärger bereiten. Er sah bereits zukünftige Funken fliegen.

„Du weißt, was ich dich fragen werde. Was meinst du, sollen wir uns zusammentun? Ich brauche eine Frau für drei Monate und nur für diese Zeit und du brauchst vor Ablauf von vier Monaten eine ganze Menge Geld. Ich dachte mir, wir sollten relativ bald heiraten, damit du in drei Monaten das Geld hast."

Sie hörte auf, auf ihrem Kaugummi herum zu kauen. Sie sah aus wie jemand, der dachte, dass sein Gegenüber völligen Unsinn von sich gab. Oder eine Sprache, die sie nicht verstand. Er fügte dem nichts weiter hinzu, starrte sie nur an und ließ die Zeit verrinnen.

Nach einer Sekunde lachte sie. „Komm schon. Meinst du das ernst?"

„Es ist mir so ernst wie ein Herzinfarkt. Allerdings kann man wahrscheinlich auch nicht ausschließen, dass einer von uns beiden einen solchen erleidet, wenn wir uns zusammentun."

„Wahrscheinlich nicht. Ich habe ein Wunder gebraucht. Ich hätte nur niemals gedacht, dass es mich in deiner Gestalt ereilen würde."

„Mir geht es genauso. Aber ich kann auch wieder gehen und mich nach jemand anderem umschauen, wenn du nicht interessiert bist. Denn je länger ich das Ganze hinauszögere, desto länger wird es dauern, bevor ich das Land mein Eigen nennen kann und bevor das alles nicht länger auf meinen Schultern lastet. Ich glaube, du musst dich jetzt entscheiden."

„Wow, das ist ja mal ausnehmend nett von dir, dass du mir ganze fünf Minuten Zeit zugestehst, in denen ich entscheiden darf, ob ich dich heiraten werde."

Sie starrten einander an und genau wie beim ersten Mal, als er sie getroffen hatte, beschleunigte sich sein Puls.

„Also, meinst du, du kannst all das Geld, das du benötigst, woanders bekommen? Denn ich könnte mir vorstellen, dass ich das einzige Wunder bin, dass dir heute widerfährt. Und wahrscheinlich wird auch in den kommenden vier Monaten kein weiteres Wunder geschehen. Ich bin mit dem Flugzeug hierhergekommen, in der Absicht, morgen zu heiraten. Ich kann ein paar Fäden ziehen. Wir könnten also morgen heiraten und dann beginnt die Uhr zu ticken. Du könntest mit mir nach Hause fliegen und damit würden wir alles in Gang setzen."

Ihre Augen verengten sich. „Sonst noch was – du bist in ein Flugzeug gestiegen und hier heruntergeflogen. Ich wette, du hast einen Privatjet genutzt?"

Er lachte. „Ja, habe ich. Und nur um das klarzustellen, es geht bei alledem nur ums Geschäft – um romantische Dinge müssen wir uns keine Sorgen machen."

Sie zog eine Braue hoch. „Gut zu wissen, dass du klar im Kopf bist." Sie deutete mit zwei Fingern auf ihn und ließ sie dann zwischen ihnen hin und her schwingen. „Denn genau das wird nicht geschehen. Du und ich – nein, nada. Aber du hast recht. Ich kann wohl kein weiteres Wunder erwarten, daher bin ich dabei. Ich habe so eine Ahnung, dass wir beide einem Menge Probleme miteinander haben werden, bevor die Zeit um ist."

Er rieb sich den Nasenrücken und spürte, dass sich Kopfschmerzen ankündigten. „In diesem Punkt sind wir uns einig. Aber ich glaube nicht, dass wir uns darüber hinaus häufig einig sein werden."

Sie streckte eine Hand aus und schob mit der anderen den Hut zurück, sodass ihre Augen nicht länger im Schatten lagen, bevor sie ihren Blick auf ihn richtete. „Schlag ein. Ich bekomme mein Geld und du bekommst dein Land und das Geld und was auch immer im verrückten Testament deines Großvaters noch festgelegt ist."

Er grinste, als er ihre Hand ergriff. Ein Blitz schoss durch ihn hindurch und er konnte nicht anders, als ihre Hand zu drücken und sie etwas näher zu sich heranzuziehen. „Dann haben wir einen Deal."

Am nächsten Tag starrte Ginny den Mann an, den sie gerade geheiratet hatte. Sie befanden sich in seinem kleinen Privatflugzeug hoch am Himmel. Es war in Creme- und Brauntönen gestaltet und sie konnte den

Geruch des Leders wahrnehmen, das sich butterweich anfühlte. Es war wirklich hübsch anzuschauen und vermittelte ein ganz anderes Gefühl als all die Linienflugzeuge, in denen sie bisher gesessen hatte. Sie entdeckte eine kleine Küche und eine Bar und im hinteren Teil des Flugzeugs konnte man sogar schlafen. Es war alles sehr hübsch, aber sie konnte kaum etwas anderes tun, als aus dem Fenster auf die vorbeiziehenden Wolken zu starren und ab und zu einen Blick auf ihren Mann zu werfen. Beinahe hätte der Cowboy sie am Schluss ihrer kleinen Hochzeitszeremonie nicht geküsst. Doch dann hatte sich der Beamte geräuspert und ihn darauf hingewiesen, dass er sie küssen musste. Von diesem Kommentar scheinbar angespornt, hatte Todd daraufhin einen Arm um ihre Taille gelegt, sie an sich gezogen und sie auf eine Art und Weise geküsst, dass sich ihre Zehen gekräuselt hatten. Sie wusste, dass er das mit Absicht getan hatte, aus reiner Boshaftigkeit. Sein Kuss hatte sich angefühlt wie ein Buschfeuer, dass sich seinen Weg durch verdorrtes texanisches Land suchte. Seine Lippen hatten ihre getroffen und er hatte sie voller Leidenschaft geküsst. Bevor sie sich dessen noch vollends bewusst geworden war, hatte sie ihre Hände bereits in sein Hemd und seine Schultern vergraben und wahrscheinlich war ihr Dampf aus den Ohren gequollen. Sie hasste es, das zuzugeben, aber sie hatte den Kuss genossen.

Sie hatte bisher nicht viele Männer geküsst. Nur einem Menschen war es bisher gelungen, ihr Herz zum Rasen zu bringen und ihre Welt aus den Angeln zu heben, aber das war schon lange her. Aber selbst das war kein Vergleich zu dem hier gewesen. Todd McCoy hatte beinahe dafür gesorgt, dass die Stiefel an ihren Füßen zu Asche verglühten. Als er sie losgelassen hatte, war sie zurückgestolpert und hatte sich darum bemühen müssen, wieder zu Atem zu kommen.

Er hatte sie angegrinst und „Hallo, Mrs. McCoy" gesagt und dann hatte er den Beamten angesehen und ihm gedankt, anschließend hatte er ihre Hand genommen und sie quasi aus dem Gerichtsgebäude gezogen. Und sie hatte ihn gewähren lassen.

Ihre Eltern waren so verärgert darüber gewesen, dass sie heiratete, um an das benötigte Geld zu kommen, das sie nicht zu ihrer Hochzeit erschienen waren. Nie zuvor war sie so sauer auf ihre Eltern gewesen. Es fühlte sich einfach nicht richtig an. Ihr Blick wanderte zu Todd hinüber. Er saß ihr auf einem der bequemen Sitze gegenüber, hatte sich zurückgelehnt und tippte auf seinem Computer herum. Er war ein einziges großes Fragezeichen für sie. Sie kam nicht so recht dahinter, wie er tickte. Aber so sehr er sie auch verärgern mochte, so dankbar war sie ihm doch andererseits, dass er bei ihr aufgetaucht war. Das würde sie ihm jedoch nicht sagen.

Der Jet flog über Texas dahin. Es war ein nur ein kurzer, kaum dreißigminütiger Flug, für den sie mit dem Auto fünf Stunden gebraucht hätten. Gott sei Dank gab es diesen Luxusjet, der ihnen kaum Zeit zum Reden ließ. Nicht, dass sie es versucht hätte. Offensichtlich wollte sie noch nicht reden und er wollte das auch nicht.

Er war ein Idiot, er hatte sie geküsst, als wäre sie die Liebe seines Lebens und er hätte ihr dies beweisen müssen. Zu seiner Überraschung hatte sie den Kuss unverzüglich erwidert. Sie hatte sich an sein Hemd geklammert und ihn festgehalten, als hinge ihr Leben davon ab, während er das Gefühl hatte, dieser Kuss würde ihn verbrennen. Wieder einmal war er ein Idiot gewesen. Sie würden nur auf dem Papier miteinander verheiratet sein; nichts von all *dem* war zwischen ihnen vorgesehen. Er hätte ihr nur einen flüchtigen Kuss auf die Lippen drücken sollen, mehr nicht. Aber nein, er hatte es ihr zeigen wollen, hatte sie mit einem heißen Kuss reizen wollen. Nur dass dieser dann ein Eigenleben entwickelt hatte. Er würde sich bei ihr entschuldigen müssen und das Letzte, was er wollte, war, sich bei ihr für irgendetwas zu entschuldigen. Ja, er war ein Idiot.

Das Flugzeug begann sich sanft zu neigen und er wusste, dass es nicht mehr lange dauern würde, bis sie auf der Landebahn hinter den Weinbergen landen würden. Und dann? Wahrscheinlich würde Wade dort auf sie warten. Er zweifelte nicht daran, dass auch Allie bei ihm war. Die beiden waren vergnügt gewesen bei der Aussicht, dass er und Ginny heiraten würden.

Und besorgt – das war ihm klar – aber er hatte auch den Anflug eines Lachens in Wades Stimme gehört, als er ihm mitgeteilt hatte, dass er Ginny heiraten und sie anschließend mit dem Jet nach Hause bringen würde.

Er holte tief Luft und versuchte, seine umherwirbelnden Gedanken zu beruhigen. Er klappte seinen Computer zu und sah Ginny an. Sie saß auf ihrem Sitz, die langen Beine vor sich ausgestreckt und die staubigen Stiefel an den Knöcheln gekreuzt. Zur Hochzeit hatte sie Jeans und Stiefel getragen. Was ihn dazu gebracht hatte, sich zu fragen, wie sie wohl aussehen mochte, wenn sie sich schick machte. Falls sie das jemals tat. Sie hatte die Hände ineinander verschränkt und versuchte, so zu wirken, als wäre sie die Ruhe in Person, während sie Däumchen drehte. Aber er konnte sehen, dass dem nicht so war, er konnte die Anspannung in ihren Schultern und ihrem Kiefer erkennen. Er hatte gespürt, dass sie ihn von Zeit zu Zeit angesehen hatte, während sie dahingeflogen waren. Auch er hatte sie beobachtet. Sie waren wie Kämpfer im Ring: Er auf der einen Seite, sie auf der anderen. Seine Kopfschmerzen wurden schlimmer.

„Wir werden bald landen.“

„Ich weiß. Ich habe gespürt, dass sich das Flugzeug geneigt hat und habe angenommen, dass wir das tun würden. Konntest du deine Arbeit erledigen?“

Das hatte er verdient, schließlich hatte er ihr die ganze Zeit gegenübergesessen und geschwiegen. Er war ein Idiot. Diese Frau hatte ihn geheiratet, um ihm zu helfen, er hatte es nicht nur getan, um ihr einen Gefallen zu tun und das durfte er nicht vergessen.

„Hör mal, darüber, wie ich mich bei der Hochzeit verhalten habe. Der Kuss. Ich schätze, ich habe das aus Gemeinheit gemacht.“

„Oh, willst du mir etwa sagen, dass es nicht meine weiblichen Reize waren, die dich betört haben, sodass du mich in deine Arme ziehen und mich küssen musstest, als ob die Welt morgen untergehen würde?“

Er grinste. Mann, sie hatte schon was. „Ähm, nein, das war es nicht. Ich war ein Idiot.“

„Nun, wegen mir musst du nicht damit aufhören, ein Idiot zu sein. Das kann ich selbst auch ganz gut. Und bezüglich des Kusses – lass uns das einfach nicht wiederholen.“

Diese Frau ging ihm unter die Haut. Und er hatte jedes bisschen Prügel verdient, das er soeben erhalten hatte.

Sie starrten einander an und zu seinem Erstaunen hätte er am liebsten die geringe Entfernung zwischen ihnen überbrückt und sie erneut geküsst. Offenbar gierte er nach Prügel. Sie waren noch nicht einmal in Stonewall gelandet und schon machte sie ihn verrückt. Drei ganze Monate – drei, so wie in eins, zwei, drei – ganze *neunzig* Tage würde er mit ihr auskommen müssen. Wie viele Stunden das wären, würde er lieber nicht ausrechnen, denn das Ergebnis würde ihm nicht gefallen. Überhaupt nicht.

„Okay, dann sind wir uns also erneut einig: wir sind beide Idioten. Das haben wir nun festgestellt, aber wir müssen ja trotzdem miteinander auskommen. Hör mal, ich weiß, dass du einiges über Trauben weißt. Aber ich bin selbst ziemlich versiert auf diesem Gebiet und unsere McCoy Stonewall Traubenmarmelade ist die Nummer Eins ihrer Klasse. Unsere Bestellungen nehmen ständig zu – die Einnahmen sind verblüffend. Ich folgere daraus, dass die Leute unsere Erzeugnisse mögen. Und unser Wein hat bereits einige Auszeichnungen gewonnen. Ich sage das, damit du weißt, dass ich es vorziehen würde, wenn du mir nicht die ganze Zeit über sagen würdest, wie ich mein Unternehmen zu führen habe. Es ist ja nicht so, als würdest du hierherkommen, um die Art und Weise zu ändern, wie ich bestimmte Dinge tue. Am besten betrachtest du deinen Aufenthalt hier wie einen Urlaub. Du wirst dich ja sicher ohnehin um deine Angelegenheiten kümmern müssen. Und du kannst auf jeden Fall jeden Monat für ein paar Tage nach Hause fliegen, wenn du das tun möchtest. Das Testament sieht lediglich vor, dass du drei Wochen im Monat hier bist. Wades Bedingungen enthielten diese Klausel übrigens nichts. Mein Großvater kannte Wade und er kannte auch mich, er muss wohl gewusst haben, wen ich heiraten würde – auch wenn ich nicht wüsste, wie – denn er hat diese Bedingung aufgestellt um sicherzugehen, dass wir Zeit miteinander verbringen. Aber dir stehen jeden Monat sieben Tage zur Verfügung, in denen du nach Hause zurückkehren kannst, um dort zu erledigen, was getan werden muss.

Das kannst du am Stück tun oder auch an einzelnen Tagen. Und wir schlafen nicht im selben Raum. Es ist ein großes Haus."

Sie starrte ihn nur an und fand, dass er sich schon wieder wie ein Idiot benahm. Es war, als könne er einfach nicht anders.

„Ich werde so viel wie möglich von hier aus erledigen und nur um dir zu zeigen, dass ich es mit die aushalte, werde ich versuchen, überhaupt nicht nach Hause zu fahren. Denk an meine Worte, wenn ich also nach Hause fahre, dann wird das daran liegen, dass ich etwas wirklich Dringendes zu erledigen habe. Und nicht, weil du mich verjagt hast. Verstanden?"

„Verstanden." Seine Lippen zuckten. Der Pilot ließ sie wissen, dass es an der Zeit war, die Sicherheitsgurte anzulegen, da sie in Kürze landen würden. Sie schnallten sich an und maßen einander weiterhin mit Blicken. Sie verfügten beide nicht über ein Pokerface, stattdessen waren sie wie offene Bücher. Wenn sie gestanden hätten, anstatt sich gegenüber zu sitzen, dann hätten sich nicht nur ihren Zehen und Nasenspitzen, sondern auch ihre Lippen berührt. *Was dachte er da bloß?*

Lippen, die andere Lippen berührten, waren nicht Teil der Abmachung.

Nicht mal ein kleiner.

„Ich denke, eines ist sicher – die nächsten drei Monate werden ganz bestimmt nicht langweilig."

Sie lachte und die Spannung war gebrochen. „Nein, und ich glaube auch nicht, dass dieses Wort jemals im Zusammenhang mit mir gebraucht wurde." Und dann grinste sie breit und ein Grübchen erschien mitten auf ihrer rechten Wange.

Dieses Grübchen hatte er noch nie gesehen. Tatsächlich hatte er dieses Lächeln bisher auch noch nicht gesehen. In seiner Brust machte sich eine sonderbare, flauschig-warme Empfindung breit. Ein bisschen so wie das, was man fühlt, wenn sich einem ein Kätzchen ans Bein schmiegt. Er entschied, dass er dieses Grübchen vielleicht doch nicht noch einmal sehen musste.

Er schaute aus dem Fenster und versuchte, seine fünf Sinne zusammenzunehmen. „Dort unten stehen Wade und Allie." Er sah sie an und deutete aus dem

Fenster. Sie beugte sich weit nach vorn, um hinaussehen zu können und er nahm den leichten Duft nach Pfirsich und Sahne wahr, den ihre Haare verströmten.

„Oh, ich sehe sie", sagte sie in dem Moment, in dem die Räder die Landebahn berührten. „Ich bin froh, dass mein Mädchen so glücklich aussieht."

Ginny winkte ihr zu, damit Allie sie durch das Fenster sehen konnte. Er hatte sich in seinem Sitz zurückgelehnt, um ihr etwas Raum zu geben. Er sah, dass Allie wild winkte und jubilierend lächelte. Wade sah glücklich und zufrieden aus.

Wie war es nur möglich, dass diese beiden beste Freundinnen waren? Allie war ruhig und unaufdringlich. Sie war wie beruhigender Balsam, der gut zu Wades entspanntem Charme passte. Und dann war da sie hier. Sie war wie ein unter Spannung stehender Draht und so aufdringlich, wie man nur sein konnte. Er konnte sich nicht vorstellen, dass sie zu irgendjemandem passen könnte. Andererseits war er selbst im Moment auch nicht gerade ein Hauptgewinn, daher konnte er sich auch nicht vorstellen, wer zu ihm passen sollte.

Nicht, dass er sie miteinander verglichen hätte oder jemals in Betracht ziehen würde, dass sie so zueinander passen könnten wie Wade und Allie es taten. Nein, nein. Er kam nur einfach nicht darüber hinweg, dass Allie und Ginny Freunde waren. Allie, die wahrscheinlich keiner Fliege etwas zuleide tun würde und Ginny, die – Wade hatte ihn gewarnt – wahrscheinlich Loretta in ihren Koffer gepackt hatte, da sie sie sich nicht über die Schulter gehängt hatte, wo jeder sie hätte sehen können. Er hatte kein Anzeichen von Loretta erblickt, hatte sich aber sagen lassen, dass sie pink war und bereit, ihm eine Ladung Schrotkugeln zu verpassen, sollte das nötig werden. Dieser Gedanke ließ ihn lächeln. Das würde sie nicht tun. Er nahm an, dass sie in dieser Hinsicht gerne Drohungen ausstieß. Andererseits zweifelte er nicht daran, dass sie ihre Waffe ohne zu zögern benutzen würde, wenn jemand Allie oder ihr zu schaden versuchte, sich an etwas vergriff, dass ihr gehörte oder das sie liebte.

Nein, er musste zugeben, dass er sie, wenn es hart auf hart käme, gern an seiner Seite hätte, wenn er denn mehr Leute bräuchte als seine Brüder. Zumindest dachte er das für den Moment. Sie war eine Beschützerin und das gefiel ihm. Das gefiel ihm in der Tat sogar sehr.

Aber nicht auf romantische Weise.

Nein, so nicht. Überhaupt nicht.

Das Flugzeug kam zum Stehen und er sprang von seinem Sitz auf. Es war an der Zeit, hier herauszukommen. Zum Glück würden sein Bruder und seine Schwägerin dazu beitragen, dass der Stress, den er empfand, etwas abebbte. Er war froh, dass sie hier waren.

„Bereit? Ich nehme an, dass wir mit den beiden Frischvermählten zu Abend essen werden."

Ginny grinste ihn an. In ihren Augen lag eine Herausforderung. Sie räusperte sich. „Ähm, Cowboy, ich denke du vergisst da etwas. *Sie* sind hier, um mit den Frischvermählten zu Abend zu essen – das wären du und ich. Auch wenn das nur schwer vorstellbar ist."

Er runzelte die Stirn. „Oh ja, da hast du recht. Also gut, Mrs. McCoy. Dann lass uns dieses Schauspiel mal auf die Beine stellen."

KAPITEL FÜNF

Todd trat zurück und gewährte ihr den Vortritt beim Verlassen des Flugzeugs. Ginny eilte die Stufen hinab und über das kurze Stück Asphalt, das sie von Allie trennte und schloss ihre Freundin in die Arme. „Hallo, ich freue mich so, dich zu sehen.“

Allie lachte, während sie sie fest in ihre Arme schloss. „Ich bin begeistert darüber, dass du hier bist. Ich kann es noch gar nicht richtig glauben.“

„Ich auch nicht.“ Ginny lachte und trat einen Schritt zurück.

„Schön, dass du wieder da bist.“ Auch Wade umarmte sie.

„Ich bin mir bezüglich meiner Antwort darauf nicht zu einhundert Prozent sicher.“ Sie lachte und erwiderte seine Umarmung. Dieser Cowboy war jetzt ihr Schwager und das fühlte sich komisch an. Sie mochte Wade und dachte, dass er perfekt zu ihrer Freundin passte. Aber… ihr *Schwager*? Das stand auf einem anderen Blatt. In einer Milliarde Jahren hätte sie sich das nicht träumen lassen.

Sie würde um jeden Preis ihre Meinung für sich behalten müssen. Es ging hier nicht um ihre eigenen Trauben, diese befanden sich zu Hause und genau das war der Punkt… sie würde daran denken müssen, dass es darum ging, ihr eigenes Weingut zu bewahren.

„Hallo ihr beiden." Todd ging auf Wade zu und gab ihm die Hand, anschließend umarmte er Allie. „Danke, dass ihr gekommen seid, um uns in Empfang zu nehmen. Lasst uns zum Haus fahren. Ich denke, das Abendessen ist fertig."

Wade und Todd griffen nach dem Gepäck und luden es in den schwarzen Geländewagen. Sie stiegen ein und Wade lenkte den Wagen über einen Weg durch die Weinberge zu dem großen, italienisch aussehenden Haus auf dem Hügel. Es sah bezaubernd aus.

Ginny betrachtete voll Interesse alles, an dem sie

vorüberfuhren. Sie erinnerte sich daran, wie sehr es ihr hier gefallen hatte, als sie mit Allie das Gut besucht hatte. Aber das war nur ein einziger Tag gewesen, diesmal würden es neunzig Tage sein. Sie spürte, wie eine unbändige Lust auf neue Geschmacksrichtungen in ihr aufstieg. Sie liebte es, mit verschiedenen Mischungen zu experimentieren. Einen guten Wein zu schaffen war eine Kunst und sie liebte diesen Prozess.

Sie erreichten das große, teure Haus mit den breiten Veranden, von denen aus man die Weinberge überblicken konnte und sie verweilte auf einer von ihnen und genoss die Aussicht. Einen solchen Ausblick hatte sie zu Hause nicht. Sie besaßen ein kleines Haus mit einer Holzterrasse, von der man auf die Reben schauen konnte, aber ihr Land breitete sich nicht dermaßen sanft und malerisch vor dem Betrachter aus. Ihr selbst standen nur kurze, gerade Reihen an Weinstöcken zur Verfügung. Widerwillig musste sie zugeben, dass ihr eigenes Weingut nicht so hübsch war wie dieses hier.

Das imposante Haus wäre auf ihrem eigenen Weingut völlig fehl am Platz gewesen; das kleine

Gebäude mit der breiten Veranda, das ihre Eltern errichtet hatten, passte viel besser dorthin. Sie wusste nicht genau, warum ihre Eltern nicht mehr Anstrengungen unternommen hatten, um das Weingut zu vergrößern. Denn ein kleines Anwesen konnte eben auch nur eine gewisse Menge an Wein anbauen und tief in ihrem Herzen war ein Ausbau des Geschäfts das, was sie sich für die Rossi Rose of Tyler Weine wünschte. Doch das würde sie Todd McCoy nicht auf die Nase binden. Sie wollte nicht, dass er wusste, dass er etwas besaß, das sie sich für ihren eigenen Betrieb erhoffte.

„Du musst es hier doch einfach lieben, oder?" Allie sah sie besorgt an. „Es wird sich alles finden, Ginny. Du siehst so angespannt aus. Ich hoffe, du gibst dem Ganzen eine Chance."

„Ja, das tue ich", sagte sie mit so viel Tapferkeit, wie sie aufbringen konnte. Sie wollte nicht, dass irgendjemand wusste, wie verloren sie sich gerade fühlte. Denn genau das tat sie. *War sie der Situation gewachsen?* Die Männer befanden sich außer Hörweite. Ginny war keine Idiotin, sie nahm an, dass

Wade auch Todd ein paar aufmunternde Worte zukommen ließ. „Allie, ich bin aus geschäftlichen Gründen hier, rein geschäftlichen. Also mach dir keine Hoffnungen, okay? In drei Monaten werde ich nach Hause zurückkehren. Verstanden?"

Allie seufzte. „Verstanden. Aber hör mal – du und Todd, ihr solltet wenigstens versuchen, miteinander auszukommen. Benimm dich zivilisiert. Ich weiß, dass es Unstimmigkeiten zwischen euch gegeben hat, aber wenn ihr eure Vorbehalte nur für eine Weile beiseiteschieben könntet, dann würdet ihr euch wahrscheinlich mögen. Er ist ein netter Kerl und du bist ein großartiges Mädchen und wenn du davon absehen könntest, ihn darüber aufzuklären, wie man ein Weingut führt und freundlich zu ihm bist, dann hättet ihr zumindest schon mal die Liebe zu den Weinbergen gemeinsam."

Ginny neigte das Kinn und warf ihrer geliebten Freundin einen kurzen Blick zu, der dieser signalisieren sollte, sie mit diesem Thema in Ruhe zu lassen.

Allie presste die Lippen aufeinander, senkte

ebenfalls das Kinn und fuhr fort: „Ja, er wirkt zuweilen etwas abweisend, aber auch nicht mehr als du. Er denkt über vieles nach und vielleicht gibt es da etwas in seiner Vergangenheit oder in seinem Herzen, von dem wir nichts wissen und dass er nicht preisgeben möchte, indem er jemanden zu nahe an sich heranlässt. Ein bisschen so wie du." Die letzten Worte hatte sie mit gedämpfter Stimme hinzugefügt, denn sie wusste, wie empfindlich Ginny war, wenn es um dieses Thema ging. Nur Allie wusste von dem Geheimnis, von dem Ginny niemand anderem erzählt hatte. Von dem Schmerz, der nie verging.

„Fang jetzt nicht damit an", murmelte sie.

„Tue ich nicht, ich will damit nur sagen, dass ihr versuchen könntet, Freunde zu sein, solange du hier bist. Auf das andere Thema werde ich nicht eingehen. Aber du weißt, dass dich das, was deine Eltern getan haben, verletzt hat und ich denke, dass du einen Freund gebrauchen könntest. Und er wurde auch verletzt."

„Allie, ich habe keine Probleme mit meinem Herzen und deswegen schon gar nicht. Ich bin nur sauer, aber ich werde das Problem beheben und das

Weingut von meinen Eltern kaufen und anschließend werde ich glücklich bis ans Ende meiner Tage in Tyler, Texas auf dem Rossi Rose Weingut leben.“

„Das sagst du so, aber ich glaube dir nicht ganz. Ich weiß, dass dich der Gedanke verletzt hat, dass du es verlieren könntest. Aber dies hier ist deine Antwort und es ist ein Wunder. Also entspann dich einfach. Als ich selbst hierherkam, sagte mir auch jeder, ich solle mich entspannen und es wie einen Urlaub betrachten. Ich war so erschöpft vor Trauer und Sorge und Stress und Überlastung und doch konnte ich mir nicht einmal vorstellen, dass ich mich entspannen könnte, aber genau das geschah. Und weißt du, zum ersten Mal in meinem Leben gab ich mir selbst die Erlaubnis, die Person zu sein, die ich immer schon hatte sein wollen. Diejenige, die sich nicht von all den Erschwernissen niederdrücken lässt – aber okay, hier geht es nicht um mich. Es geht um dich. Du hast Mauern um dich herum errichtet, Ginny – mächtige, hohe Mauern, die dein Herz schützen sollen. Ich will nicht sagen, dass du sie komplett niederreißen sollst und weinerlich und gefühlsduselig werden sollst, aber vielleicht könnest du das Tor ein kleines Stück öffnen und dem armen Kerl etwas Platz einräumen. Zumindest solltest du keinen Krieg gegen ihn führen."

Ginny atmete tief ein und spürte, wie sich ihre Brust zusammenzog. Allie kannte sie gut, aber das bedeutete nicht, dass sie tun würde, was Allie wollte. Sie konnte es nicht. Es war nicht möglich. Zumindest wenn es um das Öffnen ihres Herzens ging. Es tat zu sehr weh, ihr Herz zu öffnen. Und sie konnte sich nicht einmal vorstellen, jemals wieder diese Art von Herzschmerz durchmachen zu müssen, die sie so tief in ihrem Herzen eingesperrt hatte.

Eine ältere Frau, die ein weißes Hemd und schwarze Hosen trug und deren graues Haar im Nacken zu einem Pferdeschwanz gebunden war, kam auf sie zu. „Das Essen ist angerichtet", sagte sie.

„Mavis hat Abendessen gekocht", rief Wade.

Sie gingen zu ihm und er öffnete die Haustür für sie.

Todd nahm seinen Hut ab, sodass sein welliges Haar zum Vorschein kam. Dieser Mann sah so gut aus, dass sie einen Anflug von Erregung verspürte und ihre

Finger – diese Verräter – wären unglaublich gern durch seine Locken gestrichen um herauszufinden, ob sie sich genauso erstaunlich anfühlten, wie sie aussahen. *Mein Gott, sie steckte sowas von in Schwierigkeiten.* Dieses Dilemma hatte ihr gerade noch gefehlt.

Im Stillen wiederholte sie ein ums andere Mal eine Warnung an sich selbst: *sie würde sich nicht zu ihrem vorübergehenden Ehemann hingezogen fühlen, diese Regung würde sie unverzüglich im Keim ersticken.* Und um sich selbst zu beweisen, dass sie das Zeug dazu hatte, die Anziehung zu ignorieren, die von ihm ausging, ließ sie ihre Augen zu ihm wandern. Er hatte sie beobachtet und augenblicklich schoss ihr Puls in ungeahnte Höhen.

Er trat neben sie. „Mavis, ich möchte dir Ginny vorstellen, meine Frau.“

Die Leichtigkeit, mit der er das sagte, erschütterte sie. Sie starrte ihn verblüfft an, fing sich dann aber und zwang sich, die ältere Frau anzusehen, die sich ihr mit einem breiten Lächeln auf dem Gesicht näherte.

„Hallo Mavis. Es freut mich, dich

kennenzulernen“, brachte sie heraus und streckte ihre Hand aus.

„Ich freue mich auch, dich kennenzulernen. Ich war begeistert, als ich Todds SMS las, in der er mir ohne auf die Einzelheiten einzugehen mitteilte, dass er geheiratet hat. Dieses Anwesen braucht eine Herrin und du“, sie grinste und ließ ihren Blick über Ginnys Kleidung schweifen, betrachtete ihr Westernhemd, die Jeans und die abgewetzten Stiefel, „du siehst so aus, als würdest du zu diesem Gut passen. Ich habe das Gefühl, dass du eine praktisch veranlagte Frau bist und das ist genau das, was es braucht. Aber keine Sorge, ich koche gern, solltest du lieber draußen sein. Aber wenn du lieber in der Küche bist, dann sag mir das einfach. Wie es für dich besser passt. Mir ist es gleich. Dieses Haus ist groß genug, ich kann mich auch woanders nützlich machen.“

Ginny lächelte, sie fühlte sich wohl in der Gegenwart dieser freundlichen Frau „Du hast recht, ich bin ein praktisch veranlagtes Mädchen. Von Zeit zu Zeit mache ich ganz gern etwas in der Küche, aber im Großen und Ganzen würde ich es lieben, mich nicht um die Mahlzeiten kümmern zu müssen."

„Perfekt. Nun, dann lasst uns hineingehen und uns dem Essen widmen. Es gibt Hähnchen-Cordon-Bleu und einen Salat und ich habe mir erlaubt, eine kleine Hochzeitstorte zu backen. Ich wusste nicht, ob jemand für euch eine Hochzeitsfeier veranstalten würde, so wie Penny das für Wade und Allie getan hat, daher habe ich vorausgegriffen und euch einen Kuchen gebacken. Ich liebe es, besondere Kuchen zu backen."

Sie folgten ihr in das Innere des Hauses und in den Raum, aus dem sie gekommen war. Bis jetzt war Ginny noch nicht im Haus gewesen, daher sah sie sich bewundernd um.

Es war einfach atemberaubend: hohe Decken mit riesigen Holzbalken. Ein weitläufiger, offener Wohnbereich mit üppigen Sofas, die mit Rot-, Grau- und Brauntönen und einigen kräftigen Farben verziert waren. Teppiche bedeckten einen Teil des hübsch gefliesten Bodens. Die Möbel waren auffällig und modern, der Raum sah genau so aus, wie sie sich den wunderschönen Besuchs- und Verkostungsraum eines Weinguts vorstellen würde.

Sie blieb stehen und blickte Todd an. „Ist das euer Verkostungsraum?"

„Wir nutzen ihn nur für große Gruppen. Es gibt einen kleineren Verkostungsraum im Westflügel, der eine normale Größe hat, dort halten sich jeden Tag ein paar Mitarbeiter auf. Ich mag es nicht allzu sehr, wenn Besucher in diesen Teil des Hauses kommen, aber da dieser Raum zu genau diesem Zweck gebaut wurde, nutzen wir ihn entsprechend, wenn es nötig ist. Wir betreten jetzt den eigentlichen Wohnbereich, an dieser Tür ist für die Öffentlichkeit Schluss."

Er hielt ihr die Tür auf und sie ging an ihm vorbei in eine kleinere Version des Raumes, aus dem sie gerade gekommen waren.

„Was für ein fantastisches Haus." Sie folgte ihm, begierig darauf, den Rest zu sehen.

„Vielen Dank. Es ist sehr groß. Du wirst dich daran gewöhnen müssen, wo alles ist." Todd führte sie durch den Raum mit seinen breiten Fenstern, die einen Blick über die Weinberge gewährten. In diesem Raum gab es gemütlich aussehende Ledersofas, einen riesigen Fernseher an der Wand und einen monströsen

Kamin.

Sie setzten ihren Weg in ein Esszimmer fort, in dem Mavis das Abendessen angerichtet hatte.

Ginny betrat den Raum zuerst und trat beiseite, um auch Allie und den Männern, die hinter ihnen kamen, den Eintritt zu ermöglichen. Sie schnappte nach Luft. Der Tisch war riesig. Er war aus irgendeinem Holz – sie wusste nicht genau aus welchem, Eiche, Teak, Fichte – vielleicht vom Pekannussbaum, aber wie auch immer, er war wunderschön und um ihn herum standen zwölf Stühle mit Sitzkissen in Creme- und Beerentönen. Der Tisch war elegant gedeckt, mit Stoffservietten, die durch goldene Serviettenringe gezogen worden waren und einem Salatteller, der auf einem weiteren großen Teller stand. Darum herum lag ausreichend Silberbesteck für mehrere Leute. Kristallkelche standen bereit und vervollständigten die formelle Tischeindeckung.

Ginny verkniff sich die Bemerkung, dass das Ganze für ihren Geschmack etwas zu formal war, denn Mavis stand am Kopfende des Tisches und wartete darauf, dass sie hereinkamen und ihre Plätze einnahmen. Offensichtlich hatte die Frau vorgehabt, Ginny mit dieser verschwenderischen Inszenierung willkommen zu heißen und sie wollte auf keinen Fall etwas sagen, das die Gefühle der Frau verletzen würde. Es würde sicher nicht jeden Tag so förmlich zugehen.

Als würde sie ihre Gedanken spüren, sagte Allie sanft: „Sieht es nicht wunderschön aus?" Sie warf Ginny einen Blick zu, der ihr bedeuten sollte, etwas Nettes zu sagen. Sie kannte Allies Blicke, genauso wie ihre Freundin die ihren verstand.

„Es ist überwältigend", sagte sie. „Mavis, das geht weit über alles hinaus, was ich mir hätte vorstellen können. Vielen Dank. Aber bitte mach dir wegen mir zukünftig nicht solche Umstände."

„Mr. Todd wollte, dass du dich willkommen geheißen fühlst und das wollte ich auch, daher feiern wir heute", sagte sie freundlich. „Ab morgen gehen wir es etwas bodenständiger an. Wie klingt das?"

Sie mochte diese Frau. „Perfekt. Denn ich bin so bodenständig, wie man nur sein kann."

Todd hatte das geplant? Das war ihr nicht entgangen. Dieser Mann steckte voller

Überraschungen.

„Ich bin gleich mit dem Essen zurück", sagte Mavis, bevor sie sich umdrehte, um den Raum zu verlassen.

„Kann ich dir zur Hand gehen?", fragte Ginny und erhob sich.

„Nein, danke, ich werde jetzt das Essen hereinbringen", sagte Mavis und entfernte sich, um die Speisen zu holen.

Todd grinste. „Mavis lässt es dich wissen, wann sie Hilfe braucht und wann nicht. Sie hat mit einem roten Edding einen großen roten Kreis um ihre Aufgaben gezogen und besteht darauf, dass niemand diese Grenze überschreitet. Ich halte mich einfach daran. Sie kann eine Nervensäge sein, wenn man sie verärgert. Ihr zwei werdet wunderbar miteinander auskommen."

Sie warf ihm einen scherzhaften Blick zu. „Sie versucht also, dafür zu sorgen, dass du nicht aus der Reihe tanzt?"

Er lachte. „So würde ich es nicht sagen. Sie macht es mir nur manchmal etwas schwer. Das heißt nicht, dass es mich stört."

„Das habe ich mir gedacht."

Wade und Allie beobachteten sie.

Allie runzelte die Stirn. „Vielleicht solltet ihr zwei einen Waffenstillstand schließen. Die drei Monate werden recht lang werden, wenn ihr das nicht tut."

Mavis kehrte mit einem Rollwagen zurück, auf dem sich das Essen befand. Sie reichten jede Schüssel und jeden Teller herum und jeder nahm sich, wonach ihm der Sinn stand, bevor sie die Gefäße in die Mitte des Tisches stellten. Ginny nutzte die Zeit um sich dafür zu entscheiden, nichts weiter zu sagen.

Sie griff nach Messer und Gabel und schnitt ein Stück von ihrem Huhn ab und schob sich den Bissen in den Mund. Sie hielt das für die sicherste Methode, nichts zu sagen. Und wenn *das* der Preis war… Mavis' Essen war köstlich. Wahrscheinlich würde sie mindestens zehn Pfund zunehmen, während sie hier war.

KAPITEL SECHS

Als das Abendessen vorüber war, fiel Todd auf, dass Ginny müde aussah;. Er war sich jedoch ziemlich sicher, dass sie es abstreiten würde, wenn er etwas in dieser Richtung andeutete. Er vermutete, dass das, was sie mit sich herumtrug – was immer das auch sein mochte – sie erschöpfte. Er fragte sich, ob sie es sich jemals gestattete, zur Ruhe zu kommen. Sie hatte eine Mauer um sich errichtet und er nahm an, dass diese so erdrückend war, dass sie ihr die Luft zum Atmen nahm.

Er hatte sich zu fragen begonnen, wie es wohl wäre, wenn sie diese Mauer Stein um Stein abtragen würde, sodass sie dem entkommen könnte, was ihr zu schaffen machte. Andererseits war es genauso gut möglich, dass sie ihn einfach nicht mochte.

Aber er hatte den Verdacht, dass da mehr war, auch über die Sorge hinaus, dass ihre Eltern das Weingut verkaufen würden.

Nicht, dass sie ihm zustimmen würde, wenn sie von seiner Vermutung erführe, dass sie eine Mauer um sich herum errichtet hatte. Diese Frau wollte, dass alle Welt – insbesondere aber er – dachte, dass sie keine empfindlichen Seiten hätte. Sie dachte, dass sie jederzeit knallhart zu sein hatte. Sicherlich gab es auch in ihr etwas Sanftes, Weiches. Trotz allem, was sie zu verbergen suchte, wusste er, dass sie eine Schwäche für Allie hatte. Das war offensichtlich. Und wenn sie eine Schwäche hatte, bedeutete das, dass es mehr gab; diese befanden sich nur eben hinter dieser Mauer, hinter der sie sich versteckte.

Ihm war nicht recht klar, warum er sich überhaupt solche Gedanken machte. Besonders, da ihm durchaus bewusst war, dass schon der Versuch, sie dazu zu bringen, etwas nachgiebiger zu sein, ihn in große Schwierigkeiten bringen könnte. Aber sie stellte eine Herausforderung dar und er hatte Herausforderungen noch nie widerstehen können.

Alles an Ginny Rossi forderte ihn heraus. *McCoy.* Er erinnerte sich daran, dass sie nun seine Frau war. Ihre Haltung allein war schon herausfordernd genug, aber er konnte sich auch der Anziehungskraft nicht erwehren, die sie auf ihn ausübte. Und dann dieser Kuss… meine Güte, er konnte einfach nicht aufhören, ständig daran zu denken. Er musste sich von ihr fernhalten. Bei dieser Sache ging es ums Geschäft.

Sie standen nebeneinander auf der Veranda und sahen zu, wie Allie und Wade glücklich Arm in Arm auf ihren Wagen zugingen. Todd winkte ihnen nach, sie tat es ihm gleich und dann sahen sie zu, wie die beiden den Weg zum Tor des Anwesens hinunterfuhren.

Er warf Ginny einen Blick zu. „Sie hatten wirklich Glück, einander zu finden."

„Ja, das hatten sie."

Die Sonne ging über den Weinbergen unter und ein goldener Schimmer legte sich über die langen Reihen der Weinstöcke. Sie genoss die Aussicht. „Es ist wirklich schön hier."

„Das finde ich auch."

Sie seufzte und rieb sich die Schläfe. Er sah einen Anflug von Traurigkeit in ihren Augen.

Er fühlte mit ihr. „Vermisst du dein eigenes Weingut?"

Sie drehte sich zu ihm um. „Ja, das tue ich. Ich bin müde. Wenn du mir mein Zimmer zeigst, dann bist du mich für heute los."

Sie gab zu, dass sie müde war, offenbar hatte er sie falsch eingeschätzt. „Natürlich, Mrs. McCoy. Gerne zeige ich Ihnen Ihr Zimmer. Kann ich sonst noch irgendetwas für Sie tun?"

Ihre Augen verengten sich. „Nein, nichts, Cowboy."

Er lachte. „Hier entlang." Er ging den Flur entlang. Sie folgte ihm – in einiger Entfernung, wie ihm auffiel. Als er ihre Tür erreicht hatte, stieß er sie auf. „Das ist dein Zimmer. Solltest du nachts Angst bekommen – es ist schließlich ein großes Haus – oder wenn du etwas brauchst, dann klopfe einfach an meine Tür. Es ist die dort drüben." Er deutete auf die Tür, die der zu ihrem Zimmer gegenüber lag. Er grinste und zog herausfordernd eine Augenbraue hoch. Nur um sie etwas aufzustacheln, aber wie er sich selbst gegenüber eingestehen musste, würde er sie nicht abweisen, wenn sie tatsächlich klopfen sollte.

Ginny sah zu der Tür, dann zu ihm und ihr Blick fiel auf sein breites Grinsen. Daraufhin starrte sie ihn verärgert an.

„Ich werde nicht in dein Zimmer kommen und auch nicht an deine Tür klopfen. Diesen Gedanken kannst du dir sofort aus dem Kopf schlagen.“

Sein Grinsen wurde noch etwas breiter. Es bereitete ihm ein unsagbares Vergnügen, sie aufzuziehen und es war so einfach, sie in Rage zu versetzen, es war einfach zu verlockend. Er fragte sich, ob sie eine Ahnung davon hatte, wie leicht es war, in ihrem Gesicht zu lesen. „Was ist, wenn *ich* Angst habe? Kann ich an deine Tür klopfen?“

Sie blickte ihn an, ohne mit der Wimper zu zucken. „Ich habe Loretta bei mir. Habe sie in meinem Koffer mitgebracht.“

Er salutierte und zwinkerte ihr zu. „Botschaft angekommen, laut und deutlich, meine Liebe. Wir sehen uns morgen früh. Denn vorher werde ich dich, so wie es aussieht, nicht mehr zu Gesicht bekommen."

„Mir ist nicht klar, aus welchem Grund du überhaupt etwas anderes erwartet haben könntest."

„Oh, das habe ich nicht. Aber ich ziehe dich gern etwas auf." Er öffnete seine Tür und ging hinein, bevor sie etwas erwidern konnte. Er zog sie etwas lieber auf, als für ihn gut war. Er wusste, dass er sich würde in Acht nehmen müssen.

Nach zwei Tagen auf dem Weingut stand Ginny kurz davor durchzudrehen. Todd McCoy liebte es, sie zur Weißglut zu treiben. Und jedes Mal, wenn er das tat, schluckte sie den Köder. Es war lächerlich. Sie wusste, was er tat, sie wusste sogar ganz genau, was er da tat und doch musste sie jedes Mal, wenn er etwas sagte, das ihr auf die Nerven ging, etwas erwidern — was genau das war, was er erreichen wollte. Sie waren sich nie einig, daher sprachen sie die meiste Zeit nicht miteinander. Oder sie zankten sich, wie jetzt gerade.

„Du verschwendest all diese Trauben für

Marmelade? Ich kann es nicht fassen! Und ich dachte die ganze Zeit, dass ich dich missverstanden haben muss, als ich hier war um Allie zu besuchen, kurz nachdem sie und Wade geheiratet hatten. Das Anwesen ist wohl kaum ein Weingut, es ist eine Traubenfarm. Was einfach nur traurig ist. Du solltest diese hochwertigen Trauben zur Weinherstellung verwenden. Denk doch nur an all die Weinsorten, die du produzieren könntest. Dann wäre es ein Weingut. Ich hatte keine Ahnung, dass die Marmelade den größten Teil deines Geschäfts ausmacht."

„Ich stelle gern Marmelade her. Du bist ein Wein-Snob. Und es ist ein Weingut, auch wenn ich den größten Teil meines Geldes mit Marmelade verdiene."

„Ich bin kein Snob. Ich finde nur, dass man all die köstlichen Trauben dazu verwenden sollte, um Wein zu produzieren. Verdienst du wirklich den größten Teil deines Geldes mit Marmelade?" Es störte ihn, dass sie sein Weingut nicht als solches bezeichnete, nur weil er auch Traubenmarmelade herstellte.

„Das tue ich. Und nur zu deiner Information, ich verdiene viel Geld mit dem Wein, aber die Stonewall

Traubenmarmelade bringt noch mehr ein. Unser Wein ist gut. Unsere Trauben sind gesund. Unser Boden ist perfekt. Unsere Marke verkauft sich besser als deine und trotzdem verdienen wir mit der Marmelade mehr Geld."

„Wirklich?"

„Die McCoy Stonewall Marmelade wird im ganzen Land vertrieben und demnächst beginnen wir mit dem internationalen Verkauf. Ich habe mir den Hintern aufgerissen, um das zu erreichen."

„Und auf dem Weg dorthin hast du deinen Wein vergessen."

„Was ist dein Problem? Es ärgert dich doch nur, dass ich die Marmelade dem Wein vorziehe. Ich mag Wein einfach nicht so sehr wie Marmelade. Ich liebe tolle Traubenmarmelade zu meinen Brötchen."

Sie lachte und betrachtete seinen schlanken, athletischen Körper – der ihr besser gefiel, als sie zugeben wollte. Sie war sich nicht sicher, wohin die Kohlenhydrate von all den Brötchen verschwanden, die er ständig mit süßer Marmelade bestrichen zu essen vorgab. Sie beschloss, dieses Mal nachzugeben.

„Schön. Ich glaube, herzallerliebster Ehemann“, sagte sie mit einer gehörigen Portion Sarkasmus, „dass ich dir bald mal ein Frühstück mit meinen selbstgebackenen Brötchen machen muss.“

Da war wieder dieser lustige Ausdruck auf seinem Gesicht. „Du bäckst?“

Sie runzelte die Stirn. „Ähm, ja. Hast du gedacht, dass ein Mädchen wie ich nicht backen kann?“

„Ehrlich gesagt ja.“

Sie starrte ihn verärgert an. „Es passiert dir wohl häufiger, dass du Menschen falsch einschätzt, oder? Ich muss dich darüber in Kenntnis setzen, dass ich aller Voraussicht nach eine der besten Köchinnen bin, denen du jemals begegnen wirst. Und meine Brötchen – oh, du hast noch keine Brötchen gegessen, solange du meine nicht probiert hast.“

Er grinste breit. „Nun, liebstes Eheweib, ich freue mich darauf. Ich heiße dich jederzeit in meiner Küche willkommen. Warum gehst du nicht hinein und bäckst jetzt gleich welche? Du sorgst für die Brötchen und ich steuere die Marmelade bei.“

Sie lachte. „Du hältst dich wohl für besonders

schlau. Du denkst, nur weil du mich herausgefordert hast, marschiere ich sofort hinein und backe Brötchen.“

Er grinste. „Tust du doch auch.“

Sie starrten einander an… und da war dieses irritierende kleine Zucken seiner Lippen. Sie wollte ihn schlagen. Sie wollte ihn küssen. Wollte sich selbst einen Schlag verpassen.

„Ohhh, du machst mich so wütend“, schnaubte sie. „*Jetzt* werde ich dir keine Brötchen backen, aber das kann ich demnächst irgendwann mal tun. Und denk an meine Worte, du wirst in Ohnmacht fallen.“

„Nun, Liebling, wenn sie so gut sind, dann sollte ich dich mir vielleicht einfach über die Schulter werfen, dich nach drinnen tragen und dich direkt vor dem Ofen wieder absetzen.“

Sie sah die Szene vor ihrem inneren Auge. Das könnte durchaus Spaß machen. Erneut wollte sie sich selbst schlagen. „Das wagst du nicht.“

Er grinste breiter. „Forderst du mich heraus?“

Sie trat einen Schritt zurück. „Ich sagte, wag es nicht, mich hochzuheben.“

Er trat einen Schritt vor.

Sie stieß ihm ihre Hand flach vor die Brust. „Es wird dir leidtun, wenn du das tust.“

Bevor sie es sich versah, packte dieser grinsende Mistkerl sie, warf sie sich über die Schulter und schritt mit ihr, während sie schrie und um sich trat, durch die Reihen der Weinstöcke auf das große Haus zu.

Sie schlug auf seinen Rücken ein. „Lass mich runter… du, du grober Wüstling.“

Er gluckste. Seine warmen Hände lagen auf ihren Beinen und sie musste ihre Hände auf seinen Rücken legen, um zu verhindern, dass ihr Gesicht gegen seine Schulterblätter prallte.

„Lass mich runter.“

„Hey, du hast gesagt, du wolltest mir ein paar Brötchen backen und dann hast du mich förmlich gezwungen, dich hineinzutragen. So wie ich das sehe, haben wir eine ähnliche Einstellung zu Herausforderungen – wir können ihnen nicht widerstehen.“

Sie hörte auf zu kämpfen. Dieser Kerl hatte recht und sie war wieder einmal auf eine seiner

Verrücktheiten hereingefallen. „Du hältst dich für so schlau. Was sollte mich davon abhalten, die Brötchen absichtlich zu verderben?"

Er tätschelte ihr Hinterteil und sie schlug ihm auf den Rücken.

„Dein Stolz lässt es nicht zu, dass du die Brötchen verdirbst."

Sie schloss die Augen und biss die Zähne fest zusammen. „Du hast recht. Aber merk dir eins, Cowboy – ich werde dir das heimzahlen. Das bekommst du zurück."

„Ich kann es kaum erwarten, mein Schatz!"

KAPITEL SIEBEN

Als sie die Küche erreichten, zog Todd mit seinem Stiefel einen Stuhl unter dem Tisch hervor und ließ Ginny darauf fallen. Er stemmte die Hände in die Hüften und grinste sie an. Das hatte Spaß gemacht.

Zwar hatte sie ihn gegen die Hüfte getreten und er war für einen Moment in Sorge gewesen, dass sie ihn verletzen würde, wenn sie so weitermachte, aber glücklicherweise hatte sie rasch aufgehört, nach ihm zu treten.

Er fühlte sich ein wenig, als hätte er mit einem Kalb gerungen. Nur dass sie viel hübscher war als jedes Kalb. Normalerweise behandelte er Frauen nicht so, aber er hatte nicht widerstehen können.

Nun starrte sie ihn verärgert an. „Wenn ich nur ein wenig kräftiger wäre, dann würde ich mir *dich* über die Schulter werfen und dich draußen in einem Haufen Kuhmist abladen."

Er lachte und fand, dass sie äußerst unterhaltsam war. „Das wäre nichts, was ich nicht schon erlebt hätte, aber du müsstest mich schon bis zur Ranch hinübertragen, um irgendwo einen Haufen Kuhmist zu finden."

„War ja klar, da braucht man einmal im Leben einen solchen Haufen und dann ist gerade keiner in Reichweite." Sie verschränkte die Arme.

„Und was ist jetzt mit den Brötchen?"

Sie zog die Brauen zusammen und er vermutete, dass sie darüber nachsann, was sich wohl finden ließe, um seine Brötchen zu vergiften.

„Wenn du denn überhaupt gute Brötchen backen kannst. Das Urteil der Jury steht ja schließlich noch aus."

„Du bist so nervig. Da es bereits fast Mittag ist, könnte ich wohl schnell eine Ladung backen. Aber denk nicht, dass ich dir jetzt jeden Tag dein

Mittagessen koche."

„Darum musst du dir keine Sorgen machen – an den meisten Tagen bin ich mittags gar nicht hier im Haus. Deshalb hat Mavis in den Mittagsstunden frei. Aber weißt du, es wäre schon ziemlich süß, wenn meine Frau das Bedürfnis hätte, für mich zu kochen. Daher würde ich natürlich kommen und essen, was immer du zubereitet hast, besonders wenn es wirklich so gut schmeckt, wie du behauptest."

Sie schüttelte den Kopf, schluckte den Köder aber nicht. Stattdessen ging sie zur Speisekammer hinüber, öffnete die Tür und betrat den geräumigen Bereich. „Beeindruckend. Mit dem, was hier lagert, könnte man eine Armee durchbringen."

„Mavis sorgt dafür, dass von allem immer genug da ist."

„Ja, das sehe ich. Auf diesem Regalbrett steht das Mehl und der Zucker befindet sich dort unten in der Ecke."

„Hast du jetzt auch an der Art, wie meine Speisekammer organisiert ist, etwas auszusetzen?"

„Vergiss es. Ich versuche nur, mich

zurechtzufinden, deshalb werde ich mal für einen Moment ruhig sein."

Er lachte. „Das glaube ich erst, wenn ich es sehe."

„Dann pass gut auf. Ich habe dich schließlich auch nicht darauf hingewiesen, dass du deine Reben besser zurückschneiden müsstest."

„Siehst du? Du kannst es nicht. Ich habe schon den ganzen Morgen darauf gewartet, dass du das sagst. Schließlich hast du mir das schon nahegelegt, als du das letzte Mal hier warst. Und ich beschneide meine Reben genauso, wie sie beschnitten werden müssen. Und wir machen das hervorragend."

„Nein, tut ihr nicht. Es ist nachlässig gemacht. Da ist noch viel Luft nach oben. Und veredeln tut ihr auch nicht richtig."

„Da liegst du falsch."

„Tue ich nicht. Da wir nun wissen, dass wir uns in dieser Beziehung nicht einig sind, backe ich jetzt die Brötchen und du kannst die Marmelade holen gehen."

„Man kann Brötchen und Marmelade nicht ohne Speck essen. Machst du mir Speck?"

„Von Speck war nie die Rede."

Er grinste sie an. Sie war frech. „Dann mache ich den Speck. Ich habe den besten Speck des Landes da."

„Meine Güte, das ist ja mal eine Aussage. Willst du mir sagen, dass du auch noch Schweine hältst?"

„Nein, das nicht, aber meine Cousins tun es. Und sie wissen wirklich, wie man Schweine aufzieht."

„Mir ist nicht ganz wohl bei dem Gedanken daran, wie aus Schweinen Speck wird."

„Dann sage ich dir das nur ungern, aber die Schweine und Kühe, die mein Bruder und meine Cousins halten, ernähren uns alle. Sie sind Hauptbestandteil unserer Nahrung."

„Das weiß ich. Und trotzdem möchte ich nicht unbedingt darüber reden, wie aus Ferkeln und Schweinen Speck wird. Aber wenn du mir guten Speck machst, dann esse ich ihn. Denn du hast recht, wenn wir Brötchen und Marmelade essen wollen, dann brauchen wir auch Eier und Speck. Ich backe die Brötchen und bereite die Eier zu, während du den Speck brätst."

„Das klingt nach einem Plan."

Und so machten sie sich beide an die Arbeit. Er

ging zum Kühlschrank, holte den Speck heraus und griff nach der Pfanne, in der er ihn braten wollte. Er stellte sie auf eine der sechs Flammen des Gasherds. Er war froh darüber, dass der Herd so groß war, denn sie brauchten beide ihren Platz, das stand fest. Er musterte sie aus den Augenwinkeln heraus und sah ihr dabei zu, wie sie alle Zutaten auf der Granitarbeitsplatte der Kücheninsel bereitstellte. Sie war überkorrekt und süß und es fiel ihm schwer, sie nicht zu beobachten.

Das würde er ihr aber wohl besser nicht sagen und er würde sie auch nicht merken lassen, dass er sie nicht aus den Augen ließ. Er nahm an, dass sie nicht gerne als überkorrekt bezeichnet oder beobachtet wurde. Aber er konnte nicht anders.

„Machst dich gut dort drüben, Liebling." Er lächelte, denn er wusste, dass sie jedes Mal, wenn er sie Liebling nannte, Feuer spuckte.

„Auch du, Herzallerliebster, siehst gut aus, wie du da so stehst und den Speck brätst."

„Noch brate ich ja gar nicht, aber warte nur ab. Hier drinnen wird es gleich so heiß, dass du mich um ein heißes Date bitten wirst."

Sie lachte so heftig, dass er deswegen beinahe peinlich berührt gewesen wäre. Er drehte sich zu ihr um. Sie starrte ihn an. „Was ist so lustig?"

„Du bist so von dir überzeugt, es ist unglaublich. Eins kannst du mir glauben, wenn ich auf ein heißes Date scharf wäre, dann würde ich wohl kaum jemanden deswegen fragen, den ich kaum ausstehen kann."

„Irgendwie habe ich das Gefühl, dass das mit dem nicht ausstehen können nicht so ganz der Wahrheit entspricht."

„Oh, es entspricht der Wahrheit. Dein Ego will das nur einfach nicht wahrhaben."

„Nein, ich kann sehen, dass du mich magst."

„Das tue ich nicht. Außerdem magst du mich auch nicht." Sie zog eine Augenbraue hoch und spiegelte damit seine eigene hochgezogene Braue.

Er mochte sie sehr. Der Gedanke traf ihn wie ein Faustschlag. Wo kam das jetzt her? Nein, es machte natürlich Spaß, sie aufzuziehen, aber er mochte sie nicht, nicht so. Nein, um Gottes Willen – *so* nicht.

„Ich muss mich um den Speck kümmern." Er wirbelte herum und machte sich an die Arbeit. Wahrscheinlich fuhr sie fort, die Brötchen zu backen. Zum Glück wurde es für eine Weile still im Raum. Aber sein Kopf gab keine Ruhe. Immer und immer wieder kehrten seine Gedanken zu der einen Behauptung zurück.

So mochte er sie nicht.

KAPITEL ACHT

Beunruhigt dachte Ginny darüber nach, dass die Anziehung, die Todd auf sie ausübte, mit jedem Moment stärker wurde. Sie rollte den Teig für die Brötchen so aus, wie ihre Großmutter es ihr beigebracht hatte. Ihre liebe Großmutter, die immer gesagt hatte, dass es einen besonderen Mann geben würde, in den sie sich verlieben würde. Sie hätte gesagt: „Ginny, meine Liebe, werde nie sesshaft, hörst du? Du hast deinen eigenen Kopf und weißt selbst ganz genau, was du willst. Lass nicht zu, dass ein Mann daherkommt und versucht, das zu unterdrücken. So nicht, meine Liebe. Wenn du erwachsen bist, kannst du ganz du selbst sein. Und wenn das einem Mann nicht gefällt, dann sorgst du dafür, dass er direkt wieder aus deinem Leben verschwindet. Hast du verstanden, mein Schatz?"

Ginny ließ diese Worte in ihrem Inneren Revue passieren, während sie den Teig bearbeitete. Ihre liebe Großmutter hatte irgendwann einmal ein ähnliches Temperament besessen wie Ginny. Doch sie hatte viel aufgeben müssen, um Ginnys Großvater glücklich zu machen. Sie hatte ihre Träume aufgegeben und ihr Temperament gezügelt. Sie hatte jung heiraten müssen, da sie mit Ginnys Vater schwanger geworden war. Sie liebte Ginnys Vater von ganzem Herzen und hätte ihn um nichts in der Welt missen wollen. Ihre Großmutter hatte die Entscheidungen, die sie getroffen hatte, nie bereut, nicht einen Tag lang. Aber sie hatte sich für Ginny gewünscht, dass diese einen Mann heiratete, den sie von ganzem Herzen liebte. Sie hatte gehofft, dass Ginny sich niemandem hingeben würde, bevor sie nicht verheiratet war und alt genug, um zu wissen, was sie tat. Und Ginny hatte ihrer Großmutter zugehört.

Sie war wild und ungestüm, aber sie hatte ihre Großmutter auf eine Art und Weise geliebt, wie sie sonst niemanden liebte und sich selbst geschworen, dass sie niemals einen Fehler machen würde, der dazu führte, dass sie ihre Träume aufgeben müsste. Und tief in ihrem Herzen glaubte Ginny, dass auch die Träume ihrer Großmutter wahrwerden würden, wenn es ihr gelänge, ihre eigenen Träume zu verwirklichen. Unerwartet traten ihr Tränen in die Augen, während sie die Brötchen auf ein Backblech legte.

Sie warf einen Blick über ihre Schulter und vergewisserte sich, dass Todd nicht zu ihr hinüberschaute. Er war damit beschäftigt, den Speck zu braten. Sie blickte zurück auf ihre Brötchen und tupfte sich die Augen trocken. Sie würde vor niemandem weinen und schon gar nicht vor ihm. Wann war sie überhaupt zum letzten Mal in Tränen ausgebrochen? Ihre Großmutter würde nicht wollen, dass sie wegen ihr weinte. Sie hatte sie immer darin bestärkt, stark und unabhängig zu sein. Auch wenn es dazu nicht viel gebraucht hatte; denn wie ihre Großmutter immer hinzugefügt hatte, war sie bereits stark und unabhängig auf die Welt gekommen.

Zum Glück waren ihre Eltern dankbar über diesen Umstand gewesen. Auch wenn sie sich dann während ihrer High School Zeit jedes Mal zu Tode gesorgt hatten, dass sie etwas Dummes anstellen würde, wenn sie noch spät abends mit einem Jungen unterwegs gewesen war. Doch das hatte sie nicht getan. Trotzdem war sie der Gegenstand von Gerüchten geworden, Gerüchte, die nur schwer zu ertragen gewesen waren, denn ein Kerl hatte sie festgehalten und versucht, sich ihr aufzudrängen. Sie hatte um sich getreten und wie eine wilde Katze gekämpft, bis es ihr gelungen war, ihn zu verletzen. Und dann hatte sie weitergemacht: Sie hatte ihm mit Loretta gedroht, falls er sie jemals wieder anrühren würde. Sie und Loretta verband eine lange Geschichte. Tatsächlich war es ihre Großmutter gewesen, die gesagt hatte, dass sich Loretta an irgendeinem Punkt in ihrem Leben als ihre beste Freundin erweisen würde.

Und das war Loretta gewesen. Aber auch das hatte die Gerüchte, die dieser Trottel über sie zu verbreiten begann, nicht aus der Welt geschafft. Von diesem Abend an war ihr guter Ruf hinüber. Nur Allie hatte den Gerüchten keinen Glauben geschenkt.

Sie hatte Allie nur sagen müssen, dass er gelogen

hatte und Allie hatte ihr geglaubt. Niemand sonst hatte das getan. Nicht einmal ihre Mutter und ihr Vater. Von diesem schrecklichen Tag an hatten ihre Eltern das Schlimmste von ihr gedacht – nun vielleicht nicht das Allerschlimmste – aber sie hatten angenommen, dass sie sie angelogen hatte und waren wochenlang in Sorge gewesen, dass sich herausstellen würde, dass sie schwanger war.

Sie und Allie hatten gewusst, dass dies einem Wunder gleichgekommen wäre. Wie lange sie schon nicht mehr an all das gedacht hatte. Das, was dieser Typ gesagt hatte, war zu einem regelrechten Problem geworden. Jedes Mal, wenn sie sich genug für einen Kerl interessiert hatte, um sich mit ihm zu verabreden, hatte sich herausgestellt, dass er von den Gerüchten gehört hatte und annahm, sie sei leicht zu haben. Also war sie nicht länger ausgegangen.

Es hatte nicht lange gedauert, bis sie entschieden hatte, dass niemand in ihrer High School etwas taugte. Und dann war Kyle aufgetaucht und hatte sie vom Gegenteil überzeugt. Er war in die Stadt gezogen und hatte ihr den Atem geraubt. Er war umwerfend und freundlich. Es hatte eine Weile gedauert, bis sie geglaubt hatte, dass er tatsächlich so nett war, wie er schien. Und noch länger hatte es gedauert, bis er sie überredet hatte, mit ihr auszugehen. Als sie endlich zugestimmt hatte, war sie ein nervöses Wrack gewesen, weil sie befürchtet hatte, dass sich herausstellen würde, dass er doch wie alle anderen war. Doch das war er nicht. Nein, er war wie ein Sechser im Lotto gewesen. Er hatte gelacht, wenn sie herrisch war, hatte sie erbarmungslos aufgezogen und ihre emotionalen Mauern überwunden. Und er hatte es akzeptiert, als sie Nein gesagt hatte.

Sie hatte gewusst, dass er losstürmen und jemanden verletzen würde, wenn sie ihm sagte, dass das, was die anderen über sie verbreiteten, nicht stimmte, denn diese Art Held war er gewesen. Also hatte sie es ihm nicht gesagt. Nein, sie hatte ihm gesagt, dass sie sich verändert hatte. Dass sie gemerkt hatte, dass schlechtes Benehmen wie ihres einer Einbahnstraße ins Nirgendwo gleichkäme und dass sie deshalb solange nicht ausgegangen war, weil sie sich verändert habe.

Er hatte ihr geglaubt. Dann hatte er seinen Abschluss gemacht und war zu den Marines gegangen. Er hatte ihr das Versprechen gegeben, dass er zurückkommen würde.

Nur das er nicht zurückgekommen war. Er war ein Held gewesen und hatte alle in seinem Umkreis gerettet, als er sich auf die Granate geworfen hatte. Denn so ein Typ war er gewesen.

Ginny würde ihn niemals vergessen.

Das war jetzt vier Jahre her. Seitdem war sie mit keiner Menschenseele mehr ausgegangen und hatte auch nicht vor, dass jemals wieder zu tun. Sie hatte nicht vorgehabt, jemals zu heiraten. Niemals wieder würde sie ihr Herz an jemanden verlieren. Was brachte es schon, wenn man jemandem sein Herz schenkte, nur damit es anschließend aus einem herausgerissen werden konnte? Es lohnte sich einfach nicht.

Sie bemerkte, dass sie tief in Gedanken versunken war. *Was um alles in der Welt war nur geschehen?* Sie wischte sich die Tränen von den Wangen und hoffte, dass Todd annahm, dass sie sich Mehl aus dem Gesicht wischte.

„Ich sag dir was, wenn man Brötchen bäckt, hat man wirklich überall Mehl." Sie hoffte, dass er nicht erkannte, wie brüchig ihre Stimme klang. Sie riss sich zusammen und schob die Erinnerungen beiseite. Anschließend brachte sie wieder Ordnung in das sie umgebende Durcheinander ohne ihn dabei anzusehen.

Er sagte nichts. Er stand dort drüben und war immer noch in das Braten des Specks vertieft. Als sie dachte, man würde ihrem Gesicht nun hoffentlich nichts mehr anmerken, nahm sie den restlichen Teig, formte einen kleineren Keks und legte auch ihn auf das Backblech. „Ich bin gleich wieder da. Ich gehe kurz auf die Toilette."

Sie musste unbedingt überprüfen, wie ihr Gesicht aussah und es sauber wischen. Sichergehen, dass ihre Augen nicht gerötet waren. Und sich etwas Zeit nehmen, um ihre Gefühle wieder unter Kontrolle zu bringen. Als sie das Badezimmer erreichte, sah sie, dass ihre Augen leicht gerötet waren, sodass sie sich Wasser ins Gesicht spritzte und dann ein Tuch in den kalten Wasserstrahl hielt und sich dieses auf Augen und Gesicht drückte.

Es war schon eine Weile her, seit sie zuletzt Brötchen gebacken hatte. Aber Brötchen brachten sie normalerweise nicht zum Weinen. Sie wusste nicht, warum ihr ausgerechnet heute die Worte ihrer Großmutter wieder eingefallen waren und all die Erinnerungen wachgerufen hatten. Jetzt würde sie wieder hinausgehen und so unbeirrbar sein wie immer. Todd McCoy war der letzte Mensch auf Erden, der denken sollte, dass sie ein emotionales Nervenbündel war.

KAPITEL NEUN

Todd sah Ginny nach, als sie den Raum verließ. Er war sich nicht sicher, meinte aber gehört zu haben, dass ihre Stimme gezittert hatte. Hatte sie geweint? Es fiel ihm schwer, das zu glauben, aber er war sich ziemlich sicher. *Nur warum?*

Sie hatte sicher nicht deswegen geweint, weil er sie wie einen Sack Kartoffeln nach drinnen getragen hatte. Nicht Ginny. Aber was war es dann? Sie hatte doch nur Brötchen gebacken. Plötzlich war sie ganz still geworden; er hatte zu ihr hinübergesehen und bemerkt, dass sie sich über die Wangen gewischt hatte. Er hatte nur ihren Rücken sehen können, doch dann hatte sie gesprochen und er hatte das Beben in ihrer Stimme gehört.

Er hoffte, dass er sich das nur eingebildet hatte. Doch das glaubte er nicht.

Lächelnd kam sie zurück ins Zimmer. „Du hast die Brötchen doch noch nicht aus dem Ofen geholt, oder?" Sie lief zum Ofen und blickte durch das Sichtfenster. „Sie gehen gerade auf."

Die zweite Ladung Speck briet munter in der Pfanne vor sich hin, daher lehnte er sich gegen die Arbeitsplatte, verschränkte die Arme und beobachtete sie. „Ich überlasse die Zubereitung der Brötchen ganz dir, denn wenn sie wirklich so gut sind, wie du gesagt hast, dann möchte ich nicht daran schuld sein, wenn sie misslingen. Der Speck ist beinahe fertig. Bist du dir sicher, dass nicht ich die Eier machen soll? Es macht mir nichts aus."

„Nein, die mache ich." Sie ging zum Kühlschrank hinüber und öffnete die Tür, dann nahm sie eine Packung Eier heraus und stellte sie auf die Arbeitsplatte.

„Brauchst du eine Schüssel?"

Sie warf ihm einen Blick zu. „Ja. Wo finde ich die?"

„Genau dort, hinter deinem linken Bein – unterstes Regalbrett.“

Sie zog die Tür des Unterschranks auf und bückte sich hinab, um eine rote Rührschüssel daraus hervorzuholen. Ihre Jeans spannte sich eng über ihr Hinterteil und er entschied, dass er wohl besser nach dem Speck sah, statt ihr auf den Hintern zu starren. Er griff nach einer Gabel und begann, den Speck umzudrehen.

Er hörte, wie sie neben ihm die Eier aufschlug. Schweigen breitete sich in der Küche aus. Streng erinnerte er sich selbst daran, dass er sich besser keinen romantischen Ideen bezüglich Ginny hingab. *So dumm war er schließlich nicht, oder?*

Er wusste nicht, was in ihrem Kopf vorging, war sich aber ziemlich sicher, dass sie zu lachen beginnen würde, wenn sie wüsste, worüber er nachdachte.

Sie hatten sich während einiger Unterhaltungen an der Grenze zum Flirten befunden. Und dann hatten sie diese Linie überschritten und seitdem offen miteinander geflirtet und sich geneckt. Das brachte ihn durcheinander. Und wenn es schon ihn durcheinanderbrachte, dann hatte das sicher denselben Effekt auf sie.

Hin und hergerissen von dem was er dachte und fühlte, trug er den Teller mit heißem Speck zur Kücheninsel hinüber und stellte ihn darauf ab. Er ging Servietten und Geschirr holen und stellte fest, dass er sie hätte fragen sollen, wie sie ihren Speck mochte. Sie verteilte gerade die Eier auf zwei Teller und er griff an ihr vorbei, um den Schrank mit den Tellern zu öffnen. Seine Schulter berührte ihre, als er die Teller aus dem Schrank nahm. Sie drehte ihren Kopf leicht und ihre Blicke trafen sich. Er erstarrte, während sie bewegungslos verharrte. Er hätte schwören können, dass er eine Verwundbarkeit in den Tiefen ihrer Augen wirbeln sah, die er dort zuvor nicht hatte erkennen können.

„Äh, ich wollte die Teller holen."

„Das sehe ich. Stell sie auf die Kücheninsel, ich hole die Brötchen." Ihre Stimme klang angespannt.

Er wollte sie fragen, warum ihre Augen anders aussahen. Warum sie so voller Sanftheit waren. Oder war es Traurigkeit? *Weswegen könnte Ginny traurig sein?* Es bestand nicht länger die Gefahr, dass sie ihr Weingut verlieren würde; sie sollte glücklich sein. Sie würden es mit diesem Ehedebakel retten.

Sein Blick fiel auf ihre Lippen. Er verspürte ein unbestreitbar starkes Verlangen, sie zu küssen. *Keine Küsse!* Und schon gar nicht während er sich fragte, ob sie geweint haben mochte. *Hatte er sie zum Weinen gebracht?*

Er griff nach den Tellern und wich so hastig zurück, dass er froh darüber war, dass er weder stolperte noch stürzte. „Ich stelle sie auf die Kücheninsel." Wie ein Trottel wiederholte er ihre Anweisungen.

Ihre Augen funkelten und sahen mit einem Mal lebendiger aus. „Fall nicht, Cowboy."

Ihre Stimme klang normal, Gott sei Dank. Er war nicht gut, wenn es um emotionale Dinge ging. „Das sagst du doch nur, weil du nicht die Scherben wegräumen willst, wenn ich die Teller zerbreche. Um meine Knochen hast du dich kein bisschen gesorgt."

„Ich habe den Eindruck, dass deine Knochen ohnehin zu stark und unnachgiebig sind, um sie zu brechen. Aber ich habe keine Lust, dein Blut aufzuwischen, wenn du dich schneidest.“

Er lachte. „Es geht doch nichts über eine ehrliche Meinung.“

„Eben. Und jetzt ist es Zeit zum Essen.“

„Halleluja.“ Es würde fantastischer Brötchen bedürfen, um seine Gedanken von Ginny abzulenken.

Er ging zum Kühlschrank, holte ein Glas McCoy Stonewall Traubenmarmelade heraus und schraubte den Deckel ab. Dann setzte er sich auf den Barhocker neben Ginny und lächelte sie an.

Ginny stellte die Brötchen auf die Kücheninsel aus Granit. Der von ihnen ausgehende Duft war überirdisch. Und sie waren wunderschön. Groß, gleichmäßig rund und golden und sie hatte sie mit Butter bestrichen, sodass sie glänzten und ihm das Wasser im Mund zusammenlief. Er liebte gute Brötchen.

„Eigentlich wollte ich sagen: Koste und lass dich verzaubern, als ich die Marmelade auf den Tisch gestellt habe, aber wenn ich mir die Brötchen so anschaue, dann werde wohl ich derjenige sein, der hier verzaubert sein wird."

„Vielleicht sind wir es ja schlussendlich beide. Es könnte die perfekte Kombination entstehen. Meine Großmutter hat mir beigebracht, wie man die wunderbarsten Brötchen bäckt und all das Lob, das ich ernte, kommt daher, dass niemand so fantastische Brötchen und Zimtschnecken backen konnte wie meine Großmutter. Wir haben sie so lange immer wieder gebacken, bis sie den Eindruck hatte, dass ich es genauso gut konnte wie sie. Darauf bin ich stolz. Wenn die Marmelade gut ist, Junge, Junge, dann werden wir in einer Minute im siebten Himmel schweben."

Er lächelte sie an, denn er mochte es, wie sie dachte. „Ich hasse es, das zuzugeben, aber ich hoffe, dass das tatsächlich der Fall ist. Hätten wir dann tatsächlich eine Sache gefunden, bei der wir uns einig sind? Und ich hoffe, irgendwann mal ein paar dieser Zimtschnecken zu bekommen."

Sie sah aus, als wüsste sie noch nicht, ob sie ihm in dieser Hinsicht entgegenkommen könnte. Sie war süß.

„Vielleicht backe ich dir mal welche", sagte sie schließlich. „Aber gewöhne dich besser nicht daran."

Er hob die Hände. „Das würde ich nie tun."

Die nächsten Minuten verbrachten sie damit, ihre Brötchen mit Butter zu bestreichen und Rührei auf ihre Teller zu schaufeln. Die Eier rochen fabelhaft und er entdeckte kleine grüne Stücke darin. Er hatte beobachtet, wie sie ein paar Frühlingszwiebeln gehackt hatte, wusste aber nicht, welche Gewürze sie verwendet hatte, weil er in diesem Moment mit etwas anderem beschäftigt gewesen war. „Was für ein Gewürz hast du an die Eier getan?"

„Ich habe ein bisschen Basilikum genommen. Ich liebe Basilikum und es ist sehr gesund."

„Basilikum? Das benutze ich fast nie. Aber wie ich schon sagte, ich koche auch nicht sehr häufig."

„Was passiert denn, wenn Mavis mal nicht da ist, wenn sie Urlaub hat oder so? Hungerst du dann?"

„Quatsch, der Gefrierschrank ist voller Gerichte zum Auftauen und warm machen. Sein Inhalt würde wochenlang reichen. Insbesondere, weil ich ohnehin oft in Dixies Diner gehe. Und ab und zu nehme ich auch den Jet und treffe mich mit Freuden zum Abendessen."

Sie starrte ihn an. „Du nimmst den Jet. Du sagst das so, als würdest du das Auto nehmen und in die Stadt fahren."

Verlegen sah er sie an. „Das mache ich nicht ständig, aber von Zeit zu Zeit, das gebe ich zu. Wenn du möchtest, können wir zum Abendessen irgendwo hinfliegen, wo es nett ist." Er hatte die letzten Worte vorsichtig hervorgebracht, denn er wusste nicht, wie sie auf diesen Vorschlag reagieren würde.

Verblüfft sah sie ihn an. „Ich kann mir nicht vorstellen, so etwas zu tun."

Er griff nach einem Brötchen. „Du brauchst es dir nicht vorzustellen – sag mir einfach, wo du zu Abend essen willst und wir fliegen dorthin."

Sie lachte. „Vielleicht ein anderes Mal. Ich gewöhne mich immer noch daran, jetzt hier zu sein."

„Dann gehen wir zu Dixie. Ihr Laden befindet sich in Stonewall und ist großartig. Aber ich muss sagen, ihr Frühstück riecht nicht so wie das hier. Und ihre Brötchen… nun sie macht gute Brötchen, aber sie sehen nicht so gut aus wie deine.“

Sie bestrich einen für ihn mit Butter und griff dann nach dem ungebutterten, den er in der Hand hielt. Ihre Berührung brachte ihn aus dem Konzept und er musste erneut an ihre Lippen denken.

Sie schob die Marmelade in seine Richtung. „Probier mal.“

Er zwang seine Gedanken zurück in die Realität. „Das werde ich.“ Er gab etwas Marmelade auf seinen Keks und bestrich ihn mit weiterer Butter. Dann nahm er ihn in beide Hände und biss hinein.

Der überwältigende Geschmack des buttrigen Brötchens explodierte in seinem Mund und mischte sich mit der Süße der Marmelade, auf die er so stolz war. *Oh ja, das war einfach unglaublich.*

„Mmm, du machst wahrhaft gute Brötchen“, murmelte er, während er erneut abbiss.

Sie verschränkte die Arme vor der Brust und grinste. „Habe ich doch gesagt.“

Er nickte, denn er wollte im Moment nicht reden, sondern sein Brötchen zu Ende essen und jeden Krümel davon genießen.

„Es freut mich, dass es dir schmeckt, auch wenn ich mir sicher war, dass das der Fall sein würde." Sie spießte ein Stück Speck auf, biss hinein und beobachtete ihn.

Seine Brust verengte sich, als er sie ansah. „Schatz, diese Brötchen wären ein Grund, dich zu heiraten."

Sie lachte. „Nun, vergiss nicht – wir sind bereits verheiratet."

Er grinste. „Wie könnte ich das vergessen?"

KAPITEL ZEHN

Ginny gefiel die Gegend. Und sie mochte die Marmeladenproduktion, ein Umstand, der sie überraschte. Marmelade statt Wein – sie hatte sich schon immer voller Hingabe der Weinproduktion gewidmet, begann nun aber zu verstehen, warum er Marmelade so liebte – besonders wenn man dann auch noch daran dachte, wie prächtig sie sich verkaufte.

Sie trank nicht besonders viel, schwärmte aber trotzdem für die Herstellung von Wein. Es begeisterte sie, die richtigen Mischungsverhältnisse zu erforschen und Flaschen mit dem perfekten Endresultat zum Verkauf anbieten zu können. Auf dem Weg von der Konzeption bis zum heimatlichen Tisch des Käufers liebte sie jeden einzelnen Schritt.

Als sie gemeinsam die Produktionsstätte für seine Marmeladen betraten – oder, wie Todd es nannte, das „Haus des Glücks“ – da sprach er über den Herstellungsprozess der Marmelade mit derselben Hingabe wie sie, wenn sie über die Weinproduktion sprach. Sie lächelte und erinnerte sich an den Moment, in dem er ihr seinen Spitznamen für das Gebäude verraten hatte. Sein Lächeln hatte ihr Innerstes erwärmt; es war gleichzeitig knabenhaft und verschmitzt gewesen.

Sie musste zugeben, dass sie noch nie darüber nachgedacht hatte, dass es anspruchsvoll sein könnte, ein gutes Marmeladenrezept zu entwickeln. Er besaß einen Verkostungsraum, einen großen Produktionsbereich und natürlich einen Raum, in dem neue Rezepte ausprobiert wurden. Das Ganze war eine eindrucksvolle Anlage.

Alle, die dort arbeiteten, waren äußerst freundlich und schienen ihre Arbeit gern zu machen. Und sie mochten Todd. Sie musste zugeben, dass der Cowboy ihr allmählich ans Herz wuchs. Wenn sie ihm nicht gerade damit in den Ohren lag, dass er seine Reben anders pflegte als sie ihre, dann war er weder sarkastisch noch nervig. Es fiel ihr von Minute zu Minute schwerer, ihre Schutzmechanismen aufrecht zu erhalten. Die Brötchen-Episode war auch nicht gerade hilfreich gewesen.

Er stellte sie jedem, dem sie begegneten, als seine Ehefrau vor, was sich merkwürdig anfühlte. Doch genau das war sie – zumindest für den Moment. Im Verkostungsraum trafen sie auf zwei ältere Frauen, die sich wie Pfauen aufplusterten, nachdem sie die einleitenden Worte vernommen hatten.

„Wir haben uns schon gefragt, wann das wohl geschehen würde und wer wohl die Glückliche sein würde", sagte die rothaarige Dame. Sie trug einen leuchtend roten Lippenstift, der sich mit ihren orangeroten Haaren biss. Ihre blauen Augen funkelten, als sie Ginny und Todd anlächelte.

Die andere Dame hatte schöne, karamellfarbene Haut und schwarzes Haar mit ersten grauen Sprenkeln darin. „Ich habe dir doch gesagt, dass er heiraten wird. Kein Mann kann so gut aussehen und nicht heiraten. Ein Mädchen wird kommen und dich wegschnappen, das habe ich immer gesagt. War es nicht so, Todd?"

Er lachte und sah verlegen drein. „Ja, Ethel, das hast du gesagt."

„Ich habe das auch gesagt", fügte der Rotschopf hinzu. „Ethel und ich sprechen häufig darüber. Und jetzt, wo du dieses hübsche junge Mädchen hierhergebracht hast, bin ich äußerst aufgeregt. Und ich mag diesen Cowboyhut. Ich würde ihn sofort gegen dieses Haarnetz hier eintauschen."

Ginny zog sich den hellblauen Hut vom Kopf und hielt ihn der Dame hin. „Bitteschön, ich schenke ihn dir. Ich habe einen ganzen Koffer voll mitgebracht. Ich mag farbige Hüte."

„Das tue ich auch, Mädchen." Sie nahm den Hut. „Ich heiße übrigens Clara."

„Freut mich, dich kennenzulernen, Clara und dich auch, Ethel."

„Es tut mir leid, dass ich euch einander nicht richtig vorgestellt habe, bevor ihr begonnen habt, euch zu unterhalten. Aber ich hatte keine Chance." Sein neckender Gesichtsausdruck brachte Clara und Ethel zum Lachen.

„Ha, wie immer, wenn du in unserer Nähe bist, bekommst du kaum die Gelegenheit, ein einziges Wort zu sagen", sagte Ethel.

Er lachte. „Wahrere Worte wurden nie gesprochen. Und bevor ihr gleich wieder loslegt, schnappe ich mir Ginny und führe sie weiter herum. Wie immer leistet ihr großartige Arbeit."

„Du weißt, dass dir Schmeicheleien Tür und Tor öffnen." Clara kicherte. „Und umwerfend siehst du dabei auch noch aus."

Er zwinkerte ihnen zu.

Ethel schlug ihm auf den Arm. „Du alter flirtender Esel, du solltest mit deiner Frau flirten. Jetzt geht schon weiter."

Er lachte, legte einen Arm um Ginnys Schultern und führte sie zur Tür. Er beugte sich dicht zu ihr und flüsterte ihr ins Ohr: „Diese beiden halten den Laden am Laufen. Auf der ganzen Welt könnte man keine zwei besseren Frauen finden."

Ginny blickte ihn an. Sie war sich seines Armes auf ihren Schultern nur allzu deutlich bewusst, nahm aber an, dass diese Geste nur als Show für die Frauen gedacht war. Beim Gedanken daran fühlte sie sich für einen Moment schlecht. Sie standen ihm nahe und sie täuschten sie. Aber es gefiel ihr, dass er einen so lockeren Umgang mit den beiden pflegte und sie geneckt hatte. Ihr fiel auf, dass er es offenbar mochte, andere aufzuziehen, egal wie unnahbar er gewirkt hatte, als sie ihn kennengelernt hatte. Das ließ sich wohl kaum abstreiten. „Sie wirken, als würden sie ihre Arbeit gerne tun."

„Ich versuche sicherzustellen, dass sie das alle tun. Macht das Leben einfacher, denkst du nicht auch?"

„Es macht das Leben sehr viel einfacher. Ich liebe die Herstellung von Wein. Und ich verstehe nun, warum dir das hier ebenfalls Spaß macht. Ehrlich gesagt findet man hier etwas von beidem. Ich bin gespannt auf deine Weinherstellung. Aber das bedeutet nicht, dass ich mich hier nicht noch eingehender umsehen will – deine Marmeladenproduktion ist außergewöhnlich."

Er drückte sie kurz an sich, ließ sie dann aber los, als sie in den nächsten Raum gingen. „Warte nur, bis wir im Verkostungsraum angekommen sind. Wir werden ein paar Proben kosten. Dan, der das Ganze beaufsichtigt, kennt sich wirklich mit Marmelade aus. Er testet ständig verschiede Aromen. Wir produzieren natürlich weiterhin unsere Standardgeschmacksrichtung, aber wir werden bald auch ein paar neue Sorten herausbringen. Sie sind alle ungemein köstlich."

Sie blieb stehen und starrte ihn an. „Von einem großen, zähen und muskulösen Kerl wie dir hätte ich niemals gedacht, dass er Marmelade herstellt. Aber du liebst es."

Er grinste und zog die Augenbrauen hoch. „Das sollte dich lehren, einen Mann nicht nach seinem Aussehen zu beurteilen. Obwohl ich zugeben muss, dass es mir gefällt, dass du mich gerade als großen, zähen und muskulösen Mann bezeichnet hast. Aber findest du nicht, dass die Marmeladenherstellung mir auch eine süße Seite verleiht?"

Sie lachte und stieß ihn gegen die Schulter. „Auf jeden Fall, Kumpel."

„Jetzt, wo wir das geklärt haben… lass uns hier hineingehen. Wenn du erst all diese erstaunlichen

Marmeladen probiert hast, kannst du mir noch einmal sagen, wie wunderbar ich bin. Ich kann mir nur eine einzige Möglichkeit vorstellen, wie man ihnen einen noch besseren Geschmack entlocken könnte und das wäre, wenn man sie auf deine einzigartigen Brötchen streichen würde. Du wirst mir doch weitere Brötchen backen, oder? Ich meine, ganz im Ernst, ich würde alles tun, um noch mehr Brötchen zu bekommen."

„Zeig mir deinen Wein und ich backe dir weitere Brötchen. Wie sollen wir denn all die Marmelade hier drin probieren? Sicherlich werde ich mir nicht einen Löffel voll von diesem Zeug in den Mund stecken müssen, denn das wäre etwas eklig."

„Wir haben Cracker und Brot und ein paar andere Dinge hier, die man zu unserer Marmelade essen kann. Wir müssen sicherstellen, dass wir wissen, wie sie mit verschiedenen anderen Sachen zusammenschmeckt. Und natürlich haben wir auch Brötchen, aber eben nicht deine."

Dieser Mann war unverbesserlich. Sie musste sich ein ums andere Mal daran erinnern, dass sie ihn nicht zu nahe an sich heranlassen sollte. Er ging ihr unter die

Haut. Die Sache war die, er erinnerte sie an Kyle… und niemand hatte sie jemals zuvor an Kyle erinnert.

Er besaß ein paar Ecken und Kanten, die es zunächst etwas erschwert hatten, ihn besser kennenzulernen. Aber in letzter Zeit war da dieses Necken und Aufziehen, das Kyles Verhalten sehr ähnlich war. Als wüsste er, wie er zu ihr durchdringen könnte. Und das bedeutete, dass sie unbedingt besser auf ihr Herz würde achten müssen.

KAPITEL ELF

Sie standen zwischen endlosen Reihen an Weinstöcken und Todd starrte Ginny an. „Okay, warte kurz. Können wir uns nicht darauf einigen, dass wir nicht derselben Meinung sind, was das Zurückschneiden der Reben angeht – wäre das für dich okay? Das Ganze ist kompliziert und es gibt verschiedene Methoden, es zu tun. Ich mag die Art und Weise, wie ich es tue, und du magst die Art und Weise, wie du es tust. Aber das hier sind meine Weinberge. Deshalb gewinnt meine Methode."

Sie sah ihn an und der Blick in ihren Augen verriet ihm, dass sie Mühe hatte, sich zurückzuhalten. Dieser Frau fiel es schwer, ihre Meinung für sich zu behalten. Aber er würde sich nicht von ihr einschüchtern lassen.

„Schau mal, wir scheinen doch grundsätzlich ganz gut miteinander auszukommen – außer, wenn es um die Reben geht. Ich bin ja auch nicht nach Tyler gefahren und habe mich in deine Angelegenheiten eingemischt. Dir erklärt, was du mit deinen Reben tun sollst."

„Und das ist auch besser so, denn sie gehören mir und ich mache alles so, wie ich es für richtig halte."

„Und das ist ja auch gut so. Wenn du deine Reben zu stark zurückschneiden oder zu früh ernten möchtest, dann ist das dein gutes Recht. Ich nehme mal an, dass du die Vorgaben deiner Eltern berücksichtigst?"

Sie neigte den Kopf und kniff die Augen zusammen. „Ich tue, was ich will. Und ich bin wirklich gut darin. Das Weingut hatte immer zu kämpfen, als ich noch ein Teenager war. Ich liebe meinen Vater, aber er hat nicht die richtigen Entscheidungen getroffen. Er war nicht allzu gut darin, das Weingut zu führen. Ich habe alles verändert. Ich bin diejenige, die unser kleines Weingut zu dem gemacht hat, was es ist. Es ist klein, doch es floriert. Bisher haben wir keine großen Wettbewerbe gewonnen, wir haben aber auch nicht an vielen teilgenommen. Aber unser Kundenstamm liebt unseren Wein und die Einkäufer halten uns wirklich auf Trab. Wir könnten noch schneller wachsen, aber mir stehen weder die nötigen Anbauflächen noch genügend Arbeitskräfte zur Verfügung. Ich befürchte, dass wir in die roten Zahlen geraten könnten, wenn ich versuchen würde zu expandieren. Aber für unsere Größe leisten wir Hervorragendes und unser Ruf eilt uns voraus. Und wenn Leute zu mir auf das Gut kommen, dann fragen sie mich häufig nach meinem Rat und hören dann auch auf mich. Deshalb ärgert es mich, wenn ich dir Ratschläge gebe, die du nicht hören willst."

Er lachte. „Mir geht es genauso. Du weißt, dass auch unser Wein einen guten Ruf genießt und doch kommst du hierher und willst mir sagen, dass du es besser weißt als ich."

Sie starrten einander an. Ihm wurde klar, dass er sie küssen wollte. So sehr ihn diese Frau auch in den Wahnsinn treiben mochte, er bekam sie einfach nicht aus dem Kopf. Sie stritten ständig miteinander und dieses Spiel mit dem Feuer begann ihm zuzusetzen.

Als ob sie seine Gedanken gelesen hätte, hob sie das Kinn und ihre Augen nahmen einen herausfordernden Ausdruck an.

„Warum starrst du mich so an?"

„Es würde dir nicht gefallen, wenn ich es dir sagen würde."

„Versuchs doch mal."

„Nein, ich bin mir ziemlich sicher, dass es dir nicht gefallen würde und es hat auch nicht wirklich etwas mit den Reben zu tun. Außerdem bist du schon verärgert genug, auch ohne, dass ich dich noch weiter aufrege." Er blickte auf die Trauben, die sie umgaben. Sie befanden sich inmitten eines der Weinberge und ihre Umgebung war wunderschön, vielleicht sogar etwas romantisch. Er liebte seine Reben, aber wenn er genauer darüber nachdachte, dann war er noch nie mit einer Frau hier draußen gewesen, der das Kunststück gelang, ihn gleichzeitig in den Wahnsinn zu treiben und romantische Gefühle in ihm zu entfachen. Nein, niemand hatte jemals einen ähnlichen Effekt auf ihn gehabt wie seine Frau.

Seine Frau.

Wow, an diesen Gedanken hatte er sich immer noch nicht gewöhnt. Er drehte sich um und ging weiter, um einen gewissen Abstand zwischen ihnen zu schaffen. Um seine Gedanken wieder dorthin zurückzubringen, wo sie sein sollten. Weg von dieser Auseinandersetzung. Wenn sie miteinander stritten, schienen diese Gefühle nur an Intensität zu gewinnen.

Trauben. Er musste sich auf die Trauben konzentrieren. *Oder auf Marmelade.*

„Vielleicht sollten wir uns noch einmal die Marmeladenherstellung ansehen."

Sie kam zu ihm gestürmt, stellte sich vor ihn hin und stemmte beide Fäuste in die Hüften. „Nein, nicht die Marmelade. Du liebst sie, aber gerade sprachen wir über diese Trauben, aus denen du deinen Wein gewinnst und dann sagtest du, dass mich etwas aufregen würde. Erzähl mir nicht, dass du das ganze Feld zurückschneiden willst..." Ihre Worte verloren sich, als er einen Schritt auf sie zu trat.

„Was?", fragte sie stockend.

„Ich habe gedacht, dass ich dich gern küssen

würde.“

Sie schluckte. Ihre Pupillen weiteten sich, aber sie wich nicht zurück und hob in Anbetracht dieser Herausforderung das Kinn. „W-warum denkst du so etwas?“

Er ging einen weiteren Schritt auf sie zu. Ihre Zehenspitzen berührten sich, so nahe standen sie einander. „Weil ich ein Problem habe, Ginny McCoy. Ich mag es, wenn du so streitsüchtig und entschlossen bist und mit mir argumentierst.“ Ihr Mund öffnete sich und er grinste, er konnte einfach nicht anders. Die Sekunden verstrichen. Er hatte es tatsächlich geschafft, dass Ginny sprachlos wurde.

Sie schluckte noch einmal und er sah, wie sich ihre Kehle bewegte. Mit einer ruhigen, wohlüberlegten Bewegung streckte er eine Hand aus, schlang seinen Arm um ihre Taille und zog sie an sich. Sie zögerte nicht; sie hob das Kinn noch ein wenig höher und blickte ihm in die Augen. „Du bist wunderschön“, murmelte er. Sein Puls beschleunigte sich. Er wusste, dass er einen riesigen Fehler machte.

Und dann schlang sie die Arme um seinen Hals und seine Arme zogen sie näher zu sich, als sich ihre Lippen trafen.

Ginny steckte in großen Schwierigkeiten, aber ihr Gehirn wollte im Moment einfach nicht auf sie hören. Es war zu keinem logischen Gedanken fähig, stattdessen dachte sie nur daran, dass sie in den Armen dieses Mannes lag und endlich seine Lippen erneut auf ihren spürte. Seit dem Tag, an dem sie geheiratet hatten und er sie bei der Zeremonie geküsst hatte, hatte ein Teil von ihr genau das gewollt.

Ihre Gefühle befanden sich in Aufruhr. Erinnerungen überfluteten sie. Seit Kyles Tod war ihr Herz nicht mehr derart ergriffen gewesen… nur, dass sie im Moment nicht an Kyle dachte. Sondern an Todd.

Ihren Ehemann… den Mann, mit dem sie verheiratet war. Ihr Herz stolperte, als die Wirklichkeit wieder Form annahm… den Mann, von dem sie in weniger als drei Monaten wieder geschieden sein würde. Drei Monate; dann würde sie wieder in Tyler sein, ihr Weingut retten und es so führen, wie sie sich das immer gewünscht hatte, ohne, dass sie sich deswegen mit jemandem würde streiten müssen. Ohne Mann, der ihr im Weg wäre.

Er zog sich zurück und legte seine Stirn an ihre. Ihrer beider Atem ging unregelmäßig.

„Was machen wir da nur?“, fragte er.

„Ich weiß nicht genau. Ich bin durcheinander. Das können wir gar nicht gebrauchen.“

Er seufzte. Sein warmer Atem strich über ihr Gesicht und sandte einen Schauer durch sie hindurch.

„Ich weiß, das habe ich mir selbst in den letzten zwei Wochen auch immer wieder gesagt. Im letzten Monat. Ich habe es mir selbst gesagt, seit ich dich bei der Zeremonie geküsst und dir einen Ring an den Finger gesteckt habe.“

„Es geht hier nur ums Geschäft“, murmelte sie.

„Richtig“, sagte er, hielt sie aber noch immer fest.

Sie wusste, dass es ein Fehler war, warum also fühlte es sich so richtig an? Sie könnte verletzt werden.

Wann hatte sie es zuletzt riskiert, verletzt zu werden?

Die Frage war ihr unangenehm. Und dann, wie um sich selbst zu zeigen, dass sie das Risiko nicht scheute, fuhr sie ihm mit den Fingern durchs Haar und zog seine Lippen zurück zu ihren.

KAPITEL ZWÖLF

Todd genoss den Kuss mehr, als er ergründen konnte. Er genoss es, Ginny in seinen Armen zu halten. Er genoss die Minuten, während derer sie einander festhielten und sich leidenschaftlich küssten und er alle Vernunft beiseiteschob.

Doch dann zog er sich zurück. „Wir sollten über das reden, was wir hier gerade tun“, sagte er und gestattete der Vernunft, zurückzukehren. Alles in ihm schrie, dass sie verheiratet waren und einander mochten. Aber das war es nicht, was sie vereinbart hatten.

„Du hast recht.“ Sie trat ein paar Schritte zurück.

Er ließ sie gehen.

Geraume Zeit verstrich, in der sie einander

lediglich anstarrten.

Das Herz schlug Todd so heftig in der Brust, dass er sich sicher war, dass er sehen würde, wie sich sein Shirt bewegte, wenn er an sich herabschauen würde. Das alles fühlte sich so verrückt an. Seit er von den lächerlichen Bedingungen im Testament seines Großvaters erfahren hatte, war alles außer Kontrolle und irrational gewesen. Er schluckte trotz der Trockenheit in seiner Kehle und brachte dann das eine Argument vor, dass sie seiner Meinung nach am ehesten auf den richtigen Weg zurückführen würde. „Wir passen nicht zusammen. Wir fühlen uns zueinander hingezogen, aber das wird uns nur in Schwierigkeiten bringen."

Ginnys Augen funkelten gefährlich, als sie einen Schritt zurücktrat. Er war sich nicht sicher, ob sie wütend oder den Tränen nahe war.

„Du hast recht." Sie schlug sich mit der Hand gegen die Hüfte und er sah an ihrem Blick, dass sie mit etwas kämpfte.

Sie kämpfte ebenso wie er selbst darum, rational zu sein und nicht zuzulassen, dass Gefühle und die

Anziehungskraft, die sie aufeinander zuzog, dazu führten, dass sie einen Fehler machten. Zumindest nahm er an, dass es das war, was sie dachte.

Aber wer wusste schon wirklich, *was* diese Frau dachte.

Er hielt ihrem durchdringenden Blick stand und zwang sich zu den nächsten Worten. „Wir habe eine geschäftliche Abmachung und ich habe dir versprochen, dass nichts passieren würde."

„Ja, das hast du. Deswegen bin ich überhaupt nur dabei."

Spannung vibrierte zwischen ihnen wie der pulsierende Bass einer Rockband.

Sie reckte ihr Kinn nach oben. „Wir tun einander ohnehin nicht gut. Ja, wir fühlen uns vielleicht zueinander hingezogen, aber wir sind uns in keinem einzigen anderen Punkt einig, genau wie du gesagt hast."

„Ja, nur, wenn es ums Küssen geht." Das hatte er nicht laut sagen wollen, aber nun war es geschehen und sein Blick fiel auf ihre erstaunlichen Lippen. Sie zitterten leicht; sie biss darauf, um das Beben zu unterbinden und runzelte dann die Stirn. Mit einem Mal war ihm klar, dass er besser den Mund gehalten hätte. Sein Blick wanderte zurück zu dem verletzlichen, fragenden Blick in ihren Augen, den er manchmal sah, wenn sie ihre Schutzschilde sinken ließ. Alles, woran er denken konnte, war, sie wieder in seine Arme zu ziehen und ihr zu sagen, dass er so viel mehr an ihr mochte als nur ihre Küsse.

„Eigentlich stimmt es nicht", setzte er an. „Wir haben unsere guten Momente, manchmal, wenn ein Wunder geschieht und wir uns in irgendeinem Punkt in Bezug auf das Weingut einig sind."

„Netter Versuch, aber du weißt, dass das nicht stimmt. Und warum reden wir überhaupt darüber? Du hast dein Weingut und ich habe meins, zu dem ich zurückkehren werde, um mir meine Wünsche zu erfüllen."

„Richtig. Wir beide haben einen Plan und müssen uns daran halten oder das alles wird in einem Desaster enden. Wir müssen also einen Schritt zurücktreten und neu bewerten, was hier vor sich geht."

„Genau." Sie hatte ihre Arme um ihre Taille

geschlungen. „Du hast recht. Wir sind uns tatsächlich mal über etwas einig. Und *das* hier… nun das ist einfach nicht *geschehen*. Das ist es zwar, aber es ist besser, wenn wir uns das einreden. Ich bin sowieso nicht zum Heiraten geeignet und das weiß ich auch. Ich hatte das nur vergessen, als… nun, mein Gehirn schien nicht mehr richtig zu funktionieren als…"

Als sie sich geküsst hatten. Er fügte hinzu, was sie nicht hatte sagen wollen.

„Ich bin manchmal etwas ungestüm, falls das das richtige Wort ist. Ich bin spontan. Verbeiße mich in eine Sache. Tue Dinge aus einer Stimmung heraus. Und manchmal bin ich kühner, als ich sein sollte. So bin ich. Genau so, aber eins bin ich nicht. Für die Ehe geeignet. Also ja, wir sollten vergessen, was gerade geschehen ist. Und uns auf unsere Abmachung konzentrieren."

Sie wirbelte herum und eilte mit schnellen Schritten davon.

Todd sah ihr nach und zwang sich selbst dazu, ihr nicht zu folgen. Auch wenn er das tun wollte. Sie wieder in seine Arme ziehen und ihr sagen wollte, dass es nicht wahr war, dass sie nicht zum Heiraten taugte. Aber da war diese Verletzlichkeit in ihren Augen gewesen, die ihn dazu brachte, stehenzubleiben und ihr nicht hinterherzulaufen.

Es gab eine Menge Dinge, die Ginny vor allen verbarg. Der Gedanke traf ihn. *Woran lag das?*

Er wollte herausfinden, was sie hinter diesen ausdrucksstarken Augen versteckte und tief in ihrem Herzen verborgen hielt.

Aber nicht gerade jetzt. Im Moment brauchten sie Abstand. Vorerst brauchten sie einen gewissen Abstand.

„Dieser Mann macht mich verrückt", rief Ginny, als sie durch die Küchentür von Allies Haus gestürmt kam. Sie hatte einen von Todds Trucks genommen und war augenblicklich hierhergekommen.

Allie starrte sie an. „Willkommen in meinem Leben von vor ein paar Monaten. Komm, setz dich hin. Ich mache dir eine Tasse Kaffee oder Tee oder was immer du möchtest. Aber setz dich hin und beruhige dich. Dies ist dein sicherer Ort. Denk dran, so haben wir es besprochen. Du wusstest, dass ihr euch auf die Nerven gehen würdet, dass es ein Feuerwerk geben würde und dass ihr beide in diesen drei Monaten Kompromisse eingehen müsstet.“

„Stimmt. Tee bitte“, sagte Ginny knapp.

Allie ging zum Kühlschrank. „Denke an das, was du bekommen wirst: dein Weingut. Und er wird seines retten können.“

„Richtig.“

„Jetzt setz dich hin, atme tief durch und entspann dich.“ Allie nahm einen Krug mit honigfarbenem texanischem Tee heraus. Sie stellte ihn auf die Theke und nahm dann ein hohes, klares Glas, das sie mit Eis aus dem Eisspender füllte. Anschließend goss sie den Tee hinein, dann brachte sie das Glas zu Ginny und stellte es vor sie hin. „Trink das. Du weißt, wie sehr du süßen Tee liebst.“

Es stimmte, dass sie ab und zu Wein trank. Sie liebte guten Wein, war aber keine große Trinkerin. Es war vielmehr so, dass sie ihren Wein genoss. Aber wenn es um süßen Tee ging, oh ja, sie könnte ihr

Körpergewicht in süßem Tee trinken. Und sie besaß die Energie eines Rennpferdes, daher konnte sie essen und trinken, was immer sie wollte. Im Moment war sie ohnehin so aufgeregt, dass es ihr völlig gleich war, wie viele Kalorien das Glas Tee vor ihr enthielt.

Sie hob das Glas und trank einen Schluck. Es war köstlich.

Allie verschränkte die Arme vor der Brust und sah sie nachdenklich an. „Ich weiß. Du brauchst eine Ablenkung. Wir könnten mit dem Truck zum Fluss hinunterfahren, am Ufer entlang gehen und den Frieden des Ortes auf uns wirken lassen. Wir könnten auch die Straße entlang gehen und meine Babykälber besuchen. Ich habe ein paar neue. Möchtest du sie füttern? Sie werden dich hin und her schubsen und du wirst all deine Probleme vergessen, weil du nur ans Überleben denken wirst und daran, dass du nicht im Matsch landen willst. Glaub mir, ich weiß, wovon ich spreche."

Ginny lachte, als ein klares Bild der beschriebenen Situation vor ihrem inneren Auge auftauchte. „Ich glaube nicht, dass ich heute mit ein paar Babykühen ringen möchte. Und ich bin auch nicht in der Stimmung für den Fluss. Mir geht zu viel im Kopf herum." Sie riss sich den Hut vom Kopf. „Wusstest du, dass sie in Tyler meine Trauben ohne mich ernten? Ich habe noch nie eine Ernte auf meinem Weingut verpasst! Ich vermisse es. Sie mussten zusätzliche Leute einstellen, um mich zu ersetzen. Dad beaufsichtigt alles, aber ich bin wirklich gut darin, die Trauben zu pflücken und er musste mehrere Leute einstellen, die meinen Platz einnehmen. Wir sprechen kaum miteinander. Das macht mich ganz verrückt. Und dann ist da zu allem Überfluss auch noch Todd McCoy, der auch nicht gerade eine Hilfe ist." Sie musste an den Kuss denken und der Gedanke daran wischte alles anderes fort.

„Todd? Hmmm, das hört sich interessant an."

Ginny sah Allie mit einem Stirnrunzeln an.

„Okay, gut, dein Vater hat also alles im Griff. Du musst an das große Ganze denken. Es tut mir leid, dass ihr kaum miteinander sprecht, aber ich mir sicher, dass sich das geben wird. Aber wenn du genauer darüber nachdenkst, wirst du sehen, dass du nur diese eine

Ernte verpassen wirst. Nur dieses Jahr. Denn im nächsten Jahr wird das Weingut dir gehören. Denk daran – wenn du Todd nicht geheiratet hättest, dann hättest du das Weingut wahrscheinlich verloren."

Ginny rieb sich die Stirn. Es stimmte. Er trieb sie in den Wahnsinn. Allie sei Dank, denn ihre Freundin verstand es, sie wieder zu beruhigen. Von Zeit zu Zeit brauchte Allie einen kleinen Schubs und so konnte man sagen, dass sie einander ausglichen. Sie und Todd glichen sich ganz und gar nicht aus. Er brachte sie stärker gegen sich auf, als das jemals einem anderen Menschen gelungen war und doch spielten ihre Hormone verrückt, wenn er in ihrer Nähe war. Dieser gutaussehende, sie in den Wahnsinn treibende Muskelprotz könnte sie mit einem Grinsen zum Schmelzen bringen – wenn sie sich nicht mit aller Macht dagegen wehren würde.

Okay, darüber sollte sie nicht weiter nachdenken.

Sie nahm einen großen Schluck von ihrem Getränk, dann wischte sie sich über den Mund und starrte ihre Freundin an. „Zweiundsiebzig Tage."

Allie lachte. „Okay, sieh mal, du solltest nicht

jeden einzelnen Tag herunterzählen. So wirst du ja verrückt. Ganz im Ernst – du solltest positiv denken. Wo wir gerade von der Ernte sprechen, bereiten sich Todd und seine Leute denn nicht auf die Ernte vor – also, sollten sie das nicht tun?"

Ginny legte den Kopf schief und starrte ihre Freundin an. „Das ist einer unserer Streitpunkte. Nein, er erntet noch nicht. Eines seiner Probleme. Der Mann weigert sich, auf meinen Rat zu hören. Ich habe ihm gesagt, dass er zu spät erntet, dass sie letzte Woche damit hätten beginnen sollen, sich auf die Ernte vorzubereiten und dass es jetzt geschehen sollte. Aber er sagte nur, er hätte alles im Griff. Wir haben unterschiedliche Ansichten bezüglich der Erntezeiten. Das ist es, was er gesagt hat."

Allie lachte. „Ginny, er ist sehr erfolgreich mit dem, was er tut. Das Ganze ist kein Ein-Mann-Unternehmen. Du hast doch seine Einrichtungen gesehen. Er weiß, was er tut und du kannst ihm nicht einfach sagen, wie er sein Geschäft führen soll."

„Warum nicht? Er macht es falsch. Ich versuche nur, ihm zu helfen."

Allie setzte sich und holte tief Luft. „Ginny, du bist es gewohnt, dein Weingut genau so zu führen, wie du es willst. Und du machst das gut – schließlich hast du im letzten Jahr eine lobende Erwähnung erhalten, damit bist du auf einem ganz neuen Level angekommen. Du hast das Weingut zu dem gemacht, was es heute ist und du weißt, dass du in den nächsten Jahren riesige Erfolge einfahren wirst. Ich habe noch nie jemanden kennengelernt, der so leidenschaftlich an etwas interessiert ist wie du. Ich kenne deine Leidenschaft und weiß, dass du alles darüber aufsaugst, was es zu wissen gibt. Du wirst Erfolg haben, etwas anderes ist gar nicht möglich. Aber Todds Weingut ist bereits erfolgreich. Du kannst nicht erwarten, dass er deine Kritik begrüßt.“

Sie erwähnte nicht, dass es neben ihren unterschiedlichen Ansichten bezüglich des Weinanbaus noch andere Dinge gab, die an ihr nagten. „Ich möchte, dass man mich ernst nimmt. Ich denke, ich bin es nicht gewohnt, dass man nicht auf mich hört. Und dieser Mann hört wirklich auf gar nichts, was ich ihm sage.“

„Ihr kennt euch kaum. Gib ihm etwas Zeit."

Nur hatten sie nicht mehr allzu viel Zeit. „Du hast recht. Weißt du, was mich darüber hinaus noch verrückt macht? Für ihn ist die Marmelade wichtiger als der Wein. Du solltet den Mann in seiner Marmeladenfabrik sehen. Er benimmt sich so, als hätte seine Marmelade ein paar Goldmedaillen gewonnen… nun ja, ich meine, sie hat natürlich auch Auszeichnungen gewonnen, aber trotzdem, all dieses Land für die Herstellung von Marmelade zu verschwenden…" Sie schüttelte den Kopf.

„Hast du die Marmelade probiert?"

Sie seufzte. „Ja. Sie schmeckt köstlich. Ich habe sie mit ein paar Brötchen gegessen. Aber nur weil sie fantastisch war, heißt das noch lange nicht, dass er nicht mehr Land für die Weinherstellung nutzen sollte. Er hat all diese großartigen Einrichtungen und seine gesamte Ausrüstung befindet sich auf dem neuesten Stand der Technik. Er besitzt etliche Hektar voller Weinberge. Ehrlich gesagt, Allie, bin ich ein bisschen neidisch darauf. Wie du weißt, wird mein Weingut wegen des Mangels an Expansionsmöglichkeiten nie mehr sein als ein kleines exquisites Weingut. Und das ist auch in Ordnung. Aber all das hier zu haben und es nicht optimal zu nutzen – es fällt mir schwer, das mit anzusehen."

„Ich verstehe, dass das schwierig für dich ist. Du liebst dein Weingut, willst aber immer die Grenzen des Machbaren ausloten. Er ist glücklich mit dem, was er hat. Könntest du nicht weiteres Land erwerben, das etwas abseits deines Weingutes liegt?"

„Das könnte ich, wenn ich auf sicheren Füßen stehe und mir eine gewisse Anerkennung erarbeitet habe. Wenn ich meine Karten richtig ausspiele, werde ich davon leben und später expandieren können. *Wenn* ich denn weiterhin Glück habe und es mir gelingt, Trauben zu züchten, die weniger anfällig für Krankheiten sind."

„Du wirst das schaffen. Kannst du nicht mit dem Geld, dass du von Todd bekommst, etwas expandieren?"

„Nein. Ich werde alles Geld, das mir wegen der Hochzeit zusteht, dafür brauchen, um meine Eltern auszuzahlen. Ich bin ja froh darüber, dass sie ihren

Ruhestand werden genießen und auf Reisen gehen können, das haben sie wirklich verdient... aber mir gefällt es nicht, wie das alles über die Bühne gegangen ist. Ich werde nicht auf ihre Hilfe zurückgreifen können, was bedeutet, dass ich Leute werde einstellen müssen. Damit bleibt mir weniger Geld für meine Expansionspläne – selbst, wenn ich geeignetes Land finden sollte. Das alles wird eine Weile dauern."

„Rede dich nicht selber klein. Das sieht dir gar nicht ähnlich. Du wirst es schaffen. Du wirst Erfolg haben und bei dem einen oder anderen Wettbewerb, an dem du teilnimmst Gold oder zumindest Silber gewinnen. Wenn man das einmal geschafft hat, kommt die Aufmerksamkeit ganz von allein. Du wirst bekannter werden und noch mehr in deinen Wein stecken. Richtig? Es wird dir gut gehen."

Ginny wollte Allies Seifenblase nicht zerstören. Ihre Freundin wusste nicht viel über das Geschäft mit dem Wein. So einfach war es nicht. Doch in einem Punkt hatte sie recht. Wenn es Ginny gelingen würde, mehr Anerkennung zu bekommen und einen Käufer zu gewinnen, der ihr zukünftige Ernten abnehmen würde, dann würde alles besser werden. Sie hatte Allie gegenüber gerade das gestanden, was sie am meisten störte. Sie war eifersüchtig auf Todd McCoys Weingut.

Das war sie wirklich. Sie hatte das bis jetzt nicht zugegeben, aber meine Güte, sein Weingut war einfach wunderschön. Wie es wohl wäre, jeden Tag durch diese Weinberge zu wandern und Handwerk und Kunst zu vereinen, um so viele Weinvariationen kreieren zu können, wie ihr nur einfielen? Schon der Gedanke daran ließ ihren Geist in alle möglichen Richtungen abschweifen, die sich um Mischungen und verschiedene Rebsorten drehten. Was für ein elektrisierender Gedanke. Ja, sie war wahrscheinlich ein etwas seltsamer Vogel. Aber sie liebte das alles.

Ihr fiel auf, dass Allie sie beobachtete. „Was?"

Allies Lippen zuckten. „Ich mag es, wenn ich dich anschaue und sehen kann, wie dein Gehirn hinter deinen großen Augen arbeitet. Es ist wie eine außer Kontrolle geratene Achterbahn."

Allie verzog ihr Gesicht zu einer Grimasse und brachte sie zum Lachen.

„Wo wir gerade über die Ernte sprechen. Ich hörte

Wade etwas über ein Erntefest sagen. Habt ihr schon mit den Vorbereitungen dafür begonnen? Offenbar ist Todd hier in der Gegend nicht der Einzige, der noch nicht mit der Lese begonnen hat. August scheint ein guter Monat dafür zu sein. Wade hat gesagt, dass ich Trauben mit meinen Füßen zerquetschen könnte. Ich erinnere mich daran, dass wir das bei euch getan haben, als wir beide noch klein waren."

Erinnerungen an schöne Zeiten überfluteten sie. Ihr Vater und ihre Mutter lachten, während sie und Allie in einem Weinbottich auf und absprangen und herumtanzten, während Traubensaft zu allen Seiten aufspritzte. „Wir mussten immer schauen, dass wir keine Trauben verschwenden, aber als wir dann mal die Gelegenheit dazu bekamen, war es ein riesiger Spaß. Er hat erwähnt, dass es ein Erntefest geben wird, das zusammen mit dem Marmeladenfest stattfindet. So macht er es jedes Jahr. Ich werde also hier festsitzen und ihm dabei zusehen, wie er ein Marmeladenfest und ein Erntefest ausrichtet, anstatt daheim in Tyler zu sein und meine eigenen Trauben zu ernten."

„Hilfst du ihm denn nicht dabei?"

„Er hat mich nicht gefragt." Er hatte wahrscheinlich gedacht, dass ein Krieg zwischen ihnen ausbrechen würde, wenn er sie um Hilfe bei der Vorbereitung des Erntefestes bitten würde. Mit einem Mal war sie nicht mehr allzu begeistert von der Vorstellung, nichts damit zu tun zu haben. „Ich denke, ich werde ihn mal fragen, ob ich ihm nicht dabei helfen kann. Ich langweile mich zu Tode – merkt er das nicht? Ich habe diesem Mann beinahe jeden zweiten Tag Brötchen gebacken, aber damit werde ich aufhören, bis ich bekomme, was ich will. Glaubt er etwa, dass ich jeden Tag nur damit verbringen will, Brötchen für ihn zu backen?" Sie runzelte die Stirn und klopfte mit dem Stiefel auf den Holzboden. „Du hast recht, Allie. Wenn sie auf dem Weingut eine Veranstaltung planen, dann werde ich dabei helfen."

Allie lachte. „So kenne ich mein Mädchen. Bring dich ein und hilf ihm. Wäre es nicht ohnehin am besten, wenn ihr ein gemeinsames Betätigungsfeld finden würdet? Ginny, hast du mal darüber nachgedacht, dass du vielleicht etwas von ihm lernen könntest?"

Ginny legte den Kopf schief und ihr Kiefer spannte sich an, während sie ihre Freundin ungläubig ansah. „Was denn zum Beispiel? Wie man Marmelade macht? Ich habe keine Trauben für Marmelade. Wenn er die Marmelade loswerden würde und stattdessen ein paar höherwertige Reben pflanzen würde, dann könnte er ganz andere Weinvariationen verkaufen."

„Ginny, er mag sein Marmeladengeschäft und sie verkauft sich überall. Ein gewisser Teil ihres Reichtums fußt auf der Marmelade. Nur weil du ein Wein-Snob bist, heißt das nicht, dass die Marmelade nicht wichtig ist."

„Richtig."

„Vielleicht solltest du mal mit ein paar Marmeladenrezepten herumexperimentieren. So gern wie du experimentierst."

„Nein. Wenn ich mit etwas herumspielen möchte, dann mit Wein. Er kann mit der Marmelade herumexperimentieren – ich bin Winzerin."

„Ginny, sei ein bisschen aufgeschlossen. Bleib ruhig und biete ihm an, ihm beim Erntefest zu helfen. Wir werden an diesem Tag zu euch kommen und gemeinsam den Tag genießen. Mir wäre es lieber, du würdest lächeln und nicht steif und grimmig guckend an der Seite stehen. Sei nett."

Ginny seufzte. „Ich verspreche nichts, aber ich werde es zumindest versuchen."

Auf dem Weg zurück zum Weingut ermahnte sie sich in einem fort, dass sie sich entspannen musste. Sich beruhigen sollte. Angespannt und verärgert zu sein würde die verbleibende Zeit hier nicht gerade besser machen. Und Allie hatte recht, vielleicht konnte sie wirklich etwas von ihm lernen. Sie musste über den Tellerrand schauen. Wer wusste schon, was sie würde gebrauchen können? Sie würde es Todd nicht sagen, aber sie würde ihn beobachten und vielleicht etwas dabei lernen.

KAPITEL DRIEZEHN

Todd befand sich in der großen Scheune, die sie jedes Jahr für das Erntefest nutzten. Sein Vorarbeiter hatte vor einiger Zeit gekündigt und so hatte er nun gewisse Schwierigkeiten damit, alles im Griff zu behalten. Nicht, dass er das jemandem gegenüber zugegeben hätte. Aber er hatte eine Menge zu tun und zu allem Überfluss musste er sich darüber hinaus auch noch den Plänen seines Großvaters unterwerfen, um sein Weingut zu retten. Und mit Ginny musste er auch ab und zu Zeit verbringen. *Sturköpfige Frau. Warum hatte er sie nicht gebeten, ihm hierbei zu helfen?*

Wahrscheinlich, weil er nicht gewollte hatte, dass sie das ganze Projekt an sich riss. Auch wenn das im

Moment großartig wäre. Er würde sogar in Kauf nehmen, dass sie sich ab und zu in die Haare gerieten.

„Hey." Sie kam um die Ecke des Gebäudes gelaufen. So als hätte sie seine Überlegungen vernommen und nur auf den richtigen Moment gewartet, um hervorzuspringen und ihn zu erschrecken.

„Hey", sagte er und erinnerte sich an das letzte Mal, als sie einander begegnet waren. Und sich geküsst hatten. Er schob diesen Gedanken beiseite und beobachtete sie dabei, wie sie das um sie herum ausgebrochene Chaos in Augenschein nahm.

Ein paar Leute waren damit beschäftigt, Lichterketten aufzuhängen und andere stellten die Fässer zum Stampfen der Weintrauben auf. Sie lagen hinter dem Zeitplan zurück. Das Erntefest würde am folgenden Wochenende stattfinden, also blieben ihnen weniger als zwei Wochen Zeit und es galt noch eine unüberschaubare Menge an Aufgaben zu erledigen. Er hätte mehr Helfer hinzuziehen sollen. Er hätte jeden herbeirufen sollen, dessen er habhaft werden konnte, einschließlich Allie und Wade. Sie hätten ein paar

Cowboys von der Ranch mitbringen können. Nun, die beiden könnte er immer noch fragen, wenn die verbleibende Zeit allzu knapp würde. Er hätte auch seine Cousine Caroline anrufen sollen, sie hätte ihm sicher geholfen. Doch diese hatte sich in den letzten Wochen außer Landes aufgehalten. Er hätte Ginny fragen sollen.

Als sie näherkam, musste er erneut an ihren Kuss denken. Er musste seine Gedanken unbedingt wieder in eine vernünftige Richtung lenken. Sie war hier und er musste sie um ihre Hilfe bitten.

Vielleicht könnten sie einen Waffenstillstand aushandeln. *Einen, in dem Küsse nicht erlaubt waren.*

„Ich komme gerade von Allie und sie hat mir von dem Fest erzählt." Ginny blieb stehen und starrte ihn an und er konnte sehen, dass sie etwas auf dem Herzen hatte. „Sie meinte, ich hätte dir anbieten sollen, dir bei deinem Erntefest zu helfen. Ich habe ihr gesagt, dass du es mir gegenüber nicht erwähnt hast, geschweige denn, dass du mich um Hilfe gebeten hättest. Außerdem habe ich gesagt, dass wir uns wahrscheinlich gegenseitig umbringen würden. Aber sie meinte, dass wir vielleicht versuchen sollten, zusammenzuarbeiten oder etwas in dieser Richtung."

Sie sah etwas unbehaglich drein. Ihr pinkfarbener Cowboyhut saß ihr tief im Gesicht, sodass ihre Augen zum Teil im Schatten lagen. *Sie war so verdammt süß.* Er ermahnte sich selbst, nicht weiter darüber nachzudenken.

„Wir – zusammenarbeiten? Du hast recht, mein erster Gedanke ist auch, dass wir uns wahrscheinlich gegenseitig verletzen würden."

„Dann sind wir uns ja einig. Hast du es deswegen nicht erwähnt?"

„Nein. Ja. Nun ja, wenn ich ganz ehrlich bin, war das einer meiner Beweggründe."

„Sieh mal, wenn ich zu Hause wäre, würde ich mir gerade den Hintern aufreißen, um die Ernte einzubringen. Außerdem würde ich mich um all die alltäglichen Probleme des Weinguts kümmern, die du nur zu gut kennst, schließlich führst du nicht nur das Weingut, sondern hast auch noch die Marmeladenfabrik. Du hast mir erzählt, dass du deinen Vorarbeiter verloren hast und da ich nie einen gehabt habe, bin ich mir ziemlich sicher, dass ich so halbwegs in der Lage sein sollte, all das zu tun, was hier getan werden muss. Auf meinem eigenen Weingut erledige ich einen Großteil der anfallenden Arbeiten selbst. Auch wenn mir natürlich bewusst ist, dass dein Weingut größer ist als meines – wir müssen uns jetzt nun wirklich nicht in Größenvergleichen ergehen. Wir sollten uns vielmehr damit beschäftigen, wie wir das anstehende Event auf die Beine stellen und am besten über die Bühne bringen." Sie sah sich um und sah ihn dann vorwurfsvoll an. „Denn du liegst doch hinter deinem Zeitplan, oder?"

Verdammte Frau. „Ja, das könnte man so sagen. Mir war nicht recht klar, was alles vonnöten wäre, um das Fest zu organisieren. Ich hatte andere Dinge im Kopf, da war zum einen die Aufgabe, eine Frau zu finden, damit ich das Weingut behalten kann. Und nach unserer Hochzeit habe ich immer wieder über Dinge nachgedacht, die mich abgelenkt haben." Sein Blick wanderte über ihr Gesicht und ihre Lippen und er hätte sich selber einen Tritt verpassen können. „Also ja, ich bin etwas hinterher. Und Allie könnte recht haben. Wenn du versuchen könntest, länger als für ein paar Minuten mit mir auszukommen, dann könnten wir vielleicht zusammenarbeiten und mein Problem lösen."

„Ich soll versuchen, mit dir auszukommen? Was ist damit, dass *du* versuchen könntest, mit *mir* auszukommen?"

Sie starrten einander an.

Sie hob ihr Kinn und kniff die Augen zusammen. „Ich bin nicht allein an allem schuld, weißt du."

Diese Frau könnte einen Heiligen dazu bringen, sich von einer Klippe zu werfen. Oder dem Alkohol in die Arme treiben. „Was ist jetzt mit diesem Waffenstillstand, von dem du gesprochen hast? Okay, ja, ich sollte versuchen, besser mit dir auszukommen. Könntest du mir helfen? Ich weiß nicht weiter. Ich könnte zwar weitere Helfer anstellen, aber die Wahrheit ist, dass ich jemanden brauche, der verdammt noch mal weiß, was zu tun ist."

Sie grinste. „Nun, um ehrlich zu sein, weiß ich nicht genau, was zu tun ist, da ich noch nie ein solches Fest organisiert habe. Aber ich lerne schnell. Ich habe mich online informiert und bin so etwa im Bilde, denke ich. Ich habe nur einmal in meinem Leben Wein zerstampft und das war, als Allie und ich noch klein waren. Mein Vater ließ uns die Trauben stampfen, die nicht gut genug für die Weinherstellung waren. Trotzdem weiß ich, was für das Fest zu tun ist. Da sind zum Beispiel die T-Shirts, die mit Fußabdrücken verziert werden. Hast du die T-Shirts?"

„Sie sind bestellt, aber ich weiß nicht, ob sie rechtzeitig ankommen."

„Hoffen wir, dass sie das tun."

„Heißt das, dass du mir helfen wirst?"

„Das heißt es. Ich werde dir helfen, wenn du mir versprichst, dass ich in deine Kellerei gehen darf, um ein bisschen herumzuspielen."

„Was meinst du mit *Herumspielen*?"

„Ich würde gern ein paar Dinge ausprobieren. Meine große Leidenschaft ist es, diesen gewissen Geschmack zu kreieren, die Mischung, die einfach perfekt ist. Ich habe dir das erzählt, ich hatte noch nie eine solche Bandbreite zur Verfügung wie du sie hast, um damit herumzuexperimentieren. Der Gedanke daran macht mich verrückt."

„Klar kannst du das tun. Es macht mir nichts aus. Ich wollte dich sowieso schon dorthin mitnehmen. Es ist durchaus nicht ausgeschlossen, dass es mir Spaß machen könnte, dir dabei zuzusehen. Ich selbst mache das auch ab und zu, aber ich habe immer meinen Winzermeister die Weine zusammenstellen lassen. Aber da dieser kürzlich einen Job in Italien angenommen hat, bin ich auf der Suche nach einem neuen."

„Sag mir Bescheid, wenn ich dir bei der Auswahl helfen soll. Mein Weingut ist so klein, dass ich nicht viele experimentelle Tests durchführen kann. Ich habe eine bevorzugte Mischung, aber ich denke, ich könnte Erstaunliches vollbringen, wenn ich mehr Trauben und eine größere Bandbreite an Sorten hätte. Vielleicht willst du mich ja dann als deinen neuen Winzermeister einstellen."

Er musterte sie, sah, wie ihr Gesicht aufleuchtete und ihre Augen einen verträumten Ausdruck annahmen, als sie daran dachte, in einen Raum voller verschiedener Traubensorten zu kommen. Er verspürte den Wunsch, mit ihr zu gehen und ihr bei der Arbeit zuzusehen. „Komm, wir kümmern uns erst um das hier und anschließend machen wir etwas Wein. Aber ich will dir zusehen, wenn du deine Magie entfaltest.“

Sie lachte. „Mit Magie kenne ich mich nicht so gut aus. Es geht dabei vielmehr ums Mischen und Schmecken.“

„Ich bin trotzdem dabei.“

„Okay, dann kannst du mitkommen. Und jetzt kümmern wir uns um dein Fest. Wir werden sehen, was uns so alles einfällt. Erzähl mir doch erstmal, was es sonst immer so gegeben hat außer dem Stampfen der Trauben. Ich habe mir deine Website angesehen und es so verstanden, dass es Abendessen gibt und eine Weinverkostung. Was ist mit Live-Musik?“

„Ja, es wird Live-Musik geben. Wir machen meist zwei Runden, eine am Vormittag und eine am Nachmittag. Oder man kommt am Abend – der Abend ist für alle gedacht – man kann noch einmal wiederkommen, den Abend mit Live-Musik genießen und kaufen, was immer man möchte.“

„Das klingt doch großartig, fangen wir also erst einmal damit an. Wir können dem später ja immer noch etwas hinzufügen. Wie auch immer, lass uns loslegen, dann können wir auch noch etwas mehr ins Detail gehen.“

„So machen wir es.“

KAPITEL VIERZEHN

Ginny blickte sich in der großen Scheune um, in der etliche Leute umherwuselten, die Tische und Stühle hereinbrachten. Aber sie stellten die Gegenstände nur ab, das Ganze folgte keinem zugrunde liegenden Plan. Überall standen halbierte Weinfässer und große Eimer herum. Sie nahm an, dass diese zum Stampfen der Trauben dienen würden. Ginny nahm das alles in sich auf und sah dann Todd an. „Wie soll die Scheune zum Schluss aussehen? Sollen die Tische in Reihen aufgestellt werden, sollen sie miteinander verbunden werden oder getrennt stehen? Wie wurde das bisher gemacht?"

Er blickte sie ratlos an. „Ich war jedes Jahr dabei, habe mich aber noch nie mit diesem Teil der

Organisation beschäftigt. Ich denke, wir stellen sie am besten in lange Reihen, die wir an manchen Stellen miteinander verbinden. Was meinst du?“

„Ja, das ist eine gute Idee. Wenn wir sie an der Längsseite der Scheune ausrichten, dann können wir auf der einen Seite einen Bereich für das Stampfen der Trauben schaffen und auf der anderen einen, in dem der Tisch mit den Präsentkörben für die stille Auktion steht.“ Sie stellte sich vor, wie die Leute Gebote auf die Körbe abgaben – sie musste sich überlegen, was in die Körbe kommen würde. Und einen guten Zweck finden, an den die Erlöse gehen sollten. „Mir gefällt die Idee, dass das Geld der Leute etwas anderem als dem Anwesen zu Gute kommt. Etwas, das der Gemeinschaft nützt. Ich werde darüber nachdenken – mir etwas einfallen lassen. Warum fangen wir nicht gleich damit an, die Tische richtig aufzustellen? Sag deinen Leuten, dass sie sie gleich so anordnen sollen, wie wir es besprochen haben, anstatt sie nur dort drüben zu einem Haufen aufzutürmen.“

„Gute Idee.“ Er ging zu seinen Männern hinüber und sie beobachtete ihn dabei, wie er mit ihnen sprach und mit den Händen untermalte, was er von ihnen verlangte. Als er zu ihr zurückgelaufen kam, wirbelten Schmetterlinge in ihrer Brust herum.

„Hast du es so gemeint?" fragte er, als er sie erreichte.

Sie sah den Männern zu, die die Tische aufstellten. „Ja, genauso."

Sie legten also ihre Differenzen beiseite und machten sich daran, das Innere der Scheune für das Fest zu gestalten. Sie packte ein Ende eines Tisches und Todd griff nach dem anderen und gemeinsam trugen sie ihn zu der ersten Reihe von Tischen, die gerade entstand.

Ihre Gedanken schweiften zu den verschiedenen Dingen, die sie tun könnten, um mehr Leute für das Fest zu begeistern. Todd verriet ihr, dass die bisherigen Ticketverkäufe geringfügig hinter seinen Erwartungen zurückblieben waren und er nicht genau wusste, warum das so war. Sie nahm an, dass es daran lag, dass die Leute, die die Tickets verkauften, ihren Job nicht ernstgenommen hatten. Aber diese Meinung behielt sie für sich. Sie wollte keine schlechte Stimmung erzeugen. Allie hatte ihr das eingeschärft, bevor sie sich auf den Weg gemacht hatte, um Todd ihre Hilfe anzubieten. Sie war entschlossen, dem Typen zu helfen. Schließlich hatte er sich als ihr dringend benötigtes Wunder herausgestellt. Hätte er sich nicht selbst in einer Zwangslage befunden, dann hätte sie diese Gelegenheit niemals bekommen und im nächsten Jahr hätte es dann kein Weingut mehr gegeben, das sie ihr Eigen nennen konnte. Aus diesem Grund würde sie, sosehr sie der Gedanke daran, den Mund zu halten und mit Todd auszukommen, auch ärgerte, genau das tun. Schließlich war das Schlimmste, was passieren konnte, dass sie sich stritten und nicht miteinander klarkamen. Andererseits stritten sie auch nicht ohne Unterlass miteinander. Das war ein Teil des Problems – sie musste sich damit abfinden, dass sie sich zu diesem Mann hingezogen fühlte. Denn das tat sie.

Während sie Seite an Seite arbeiteten, gab sie sich redliche Mühe, den Gedanken zu verdrängen, dass sie ihre Bedenken beiseiteschieben und den Mann besser kennenlernen könnte. Sie lernte Leute nicht besser kennen. Sie musste sich immer wieder selbst daran erinnern, dass es besser war, Abstand zu halten. Denn wenn sie dem Wunsch nachgab, in ihrer Wachsamkeit nachzulassen, dann würde das ganz sicher Probleme mit sich bringen.

Als am Abend endlich alle Tische aufgestellt waren und die Helfer sich auf den Weg nach Hause gemacht hatten, hielt Ginny inne – müde, aber zufrieden mit dem, was sie mit ein paar Stunden harter Arbeit erreicht hatten. Ihr fiel auf, dass sie gut miteinander zurechtgekommen waren und das alles nur, weil sie den Mund gehalten und auch er nichts gesagt hatte, was über Fragen, wie etwas am besten zu erledigen wäre, hinausgegangen war.

„Diese Körbe – ich stelle mir das so vor, dass sie deine Marmeladen und ein paar anderen Spezialitäten enthalten, die einen Bezug zu Texas und vielleicht ein paar Unternehmen aus der Gegend haben. Hast du jemals in Erwägung gezogen, noch weitere Dinge zum Verkauf anzubieten? Du weißt schon, Geschenkartikel oder Dinge, die zu Marmelade oder Wein passen? Wie Käsetabletts oder andere Spezialartikel." Sie musste an ihr eigenes Weingut denken und die Dinge, die sie selbst in ihr Sortiment aufnehmen könnte. Dinge, die nicht viel Platz in Anspruch nahmen, aber ihr Geschäft ergänzen würden. Sie hatte keinen Platz für weitere Reben, aber womöglich könnte sie Platz für andere Projekte schaffen. Sie hasste es, das zuzugeben, aber je mehr sie darüber nachdachte, desto cleverer kam ihr der Gedanke vor, neben Wein auch Marmelade herzustellen.

Sie fragte sich, ob sie eine eigene Marmeladenmarke auf den Markt bringen sollte, wollte das ihm gegenüber aber nicht zugeben. Für die Herstellung der Marmelade könnte sie Trauben von anderen Weingütern zukaufen. Sie liebte Experimente, sicher könnte sie sich ein paar einzigartige Geschmacksrichtungen ausdenken. Irgendwo hatte sie mal Jalapeño-Marmelade gesehen – ihr würden die tollsten Sorten einfallen. Dieser Gedanke zauberte ihr ein Lächeln aufs Gesicht.

„Ich habe gerade daran gedacht, dass ich nicht nur gern Zeit in deinem Mischraum verbringen würde, sondern vielleicht auch in der Küche ein paar neue Rezeptideen ausprobieren werde."

Er starrte sie an. „Was immer du willst. Ich habe nichts dagegen. Ich meine, uns wird nur dann etwas Großartiges gelingen, wenn du verschiedene Dinge ausprobierst. Also tu das ruhig."

Sie lächelte ihn an und fühlte sich von dem aufrichtigen Interesse in seinen Augen gewärmt. „In Ordnung, das werde ich. Vielen Dank."

Ein paar arbeitsreiche Tage gingen ins Land, in denen sich Ginny in die Idee verbiss, Todd zu einhundert Prozent zu helfen. Sie war fest entschlossen, dass dies das beste Erntefest werden würde, das das McCoy Weingut jemals veranstaltet hatte. Sie verschickten virtuelle Flyer über verschiedene Social-Media-Kanäle, dafür holte sie nicht nur die Marketing-Firma an Bord, die sie für ihr eigenes Weingut nutzte, sondern sie arbeitete parallel dazu auch mit dem Unternehmen aus der Gegend, das Todd für gewöhnlich beauftragte. Durch die Verdopplung ihrer Anstrengungen erhofften sie sich eine größere Zahl an Besuchern. Sie verdoppelte die Tische und die Anzahl des Personals, das Führungen durch das Weingut, durch die Marmeladenfabrik und kombinierte Führungen anbieten würden.

Bis zum Erntefest waren es nur noch zwei Tage. Ginny stand auf dem Parkplatz und betrachtete das riesige Banner, das sie bestellt hatte und war stolz auf all das, was sie erreicht hatten.

„Wow, das sieht gut aus", sagte Todd.

Sie wirbelte herum und stellte fest, dass er hinter ihr stand. Er hatte die Hände in die Hüften gestemmt, den Cowboyhut etwas zurückgeschoben und blinzelte im hellen Sonnenlicht. Der Mann sah einfach zu gut aus, auch wenn er im Moment einen etwas ramponierten Eindruck erweckte und Bartstoppeln im Gesicht hatte. Ihr Atem stockte und sie ermahnte sich selbst, sich am Riemen zu reißen.

„Findest du es nicht auch einfach großartig? Ich habe mich gerade unglaublich gefreut, als es eingetroffen ist. Gefällt es dir, wie dein Logo mit dem Foto von den Weinbergen dahinter zur Geltung kommt? Mir gefällt der Aspekt, beiden Sparten deines Unternehmens denselben Raum zu geben."

Sein Lächeln wurde breiter. „Wirklich?“

Sie lächelte und freute sich darüber, dass er ihre Idee nicht nur nicht ablehnte, sondern sich stattdessen sogar so verhielt, als ob er sie wirklich mochte.

„Apropos Ernte, wie geht die Ernte auf deinem Weingut voran?“

Sie hatte ihren Vater an diesem Morgen angerufen, denn obwohl die Lage zwischen ihnen nach wie vor angespannt war, hatte sie wissen wollen, wie es mit der Ernte lief. „Mein Dad hat mir versichert, dass es gut läuft. Ehrlich gesagt bin ich mir nicht sicher, wie ich damit umgehen soll. Ich schätze, ich möchte nicht wahrhaben, dass mein Weingut auch ganz gut ohne mich funktioniert.“

„Ich habe den Eindruck, dass das vielleicht nicht ganz stimmt. Ich habe da so ein Bauchgefühl, dass all die Energie, die du in das Weingut einbringst, einen großen Teil seines Charmes ausmacht. Wenn ich mit meiner Annahme richtig liege, dann bist du das größte Kapital deines Weinguts. Wahrscheinlich hast du es geprägt. Ich muss gestehen, dass ich neulich deinen Wein gekostet habe. Er ist ausgezeichnet. Er hat einen gewissen Reiz und eine brodelnde Energie, genau wie du selbst. Da waren keine lieblichen sanften Nuancen – er war wagemutig und beeindruckend."

Sie war sprachlos. Starrte ihn verblüfft an. „Du magst meinen Wein?", fragte sie schließlich.

„Ja. Ist das so schwer zu glauben?"

„Nein. Ich liebe meinen Wein. Ich glaube, ich habe einfach angenommen, dass du in Anbetracht deines eigenen Weins und der Leichtigkeit, mit der du Auszeichnungen gewonnen hast, obwohl du dich nicht einmal auf die Weinherstellung konzentrierst, meinen Wein nicht wirklich mögen würdest."

„Du nimmst zu viel an."

Sie lachte. „Vielleicht. Okay, lass uns weitermachen. Der Bereich für die Marmelade steht. Wir werden Verkostungen anbieten. Ich habe mit Clara und Ethel gesprochen, sie werden diesen Bereich beaufsichtigen. Ich glaube, das haben sie früher bereits getan und sie sind auch diesmal wieder mit dabei. Ich habe ihnen gesagt, dass sie alle Register ziehen sollen. Dort drüben wird es eine Malecke für die Kinder geben und da wahrscheinlich sehr viele Kinder kommen werden, haben wir eine Menge getan, um den Tag für sie zu etwas ganz Besonderem zu machen. Es wird ein Trauben-Wettrennen geben und die Möglichkeit, Trauben mit den Füßen zu zerstampfen, allerdings wird es dabei nicht um Wein gehen, sondern um Marmelade. Ich denke, das wird ein großartiger Spaß. Wir tüfteln immer noch an den Einzelheiten, aber bis morgen sollte alles stehen. Gehen wir nun zum Weinbereich. Ich würde gern noch einmal durchgehen, was während der Führung geboten wird. Hast du einen Moment oder vielmehr circa dreißig Minuten Zeit, um mit mir einen Blick darauf zu werfen?"

„Ich gehöre ganz dir."

Seine Worte sorgten dafür, dass ihre Gedanken zu Themen schweiften, die nichts mit Trauben, Wein oder Marmelade zu tun hatten, sondern um sie beide kreisten. „Okay, dann los. Der Wagen steht dort drüben." Gemeinsam gingen sie zu dem Geländewagen hinüber und stiegen ein. „Halt dich fest, Cowboy. Ich liebe es, mit diesen Dingern zu fahren."

Er lachte und packte einen Haltegriff, als sie losfuhr.

KAPITEL FÜNFZEHN

Todd lachte, als Ginny die Schotterstraße entlang raste, die das Hauptgebäude des Weinguts mit der riesigen roten Scheune verband, in der die Fässer und Bottiche untergebracht waren. Es war ein gutes Stück durch die Weinberge und sie lachte, als sie das Gaspedal des kleinen, nach oben offenen Fahrzeugs durchdrückte und über das Land raste.

„Du hast nicht gescherzt, als du sagtest, dass du diese Dinger gerne fährst."

Sie grinste ihn an, während der Wind ihr Haar zerzauste und ihre Augen lebendig funkelten. Er war fasziniert von ihr. Sie war mit ganzem Herzen bei der Sache.

„Nein, habe ich nicht. Diese Wagen halten einiges

aus. Ich fahre auch gern im Gelände, aber da ich hier keine geeignete Route sehe, muss ich eben mit diesem Schotterweg vorliebnehmen. Ich spüre gern den Wind in meinen Haaren."

„Nun, das tust du ja gerade. Ich spüre ihn auch und meine Haare sind bei weitem nicht so lang wie deine."

Sie fuhr einen Zickzack-Kurs und er musste nach seinem Hut greifen. „Hey, wenn du dafür sorgst, dass ein Mann seinen Cowboyhut verliert, dann forderst du Schwierigkeiten geradezu heraus."

„Also ich habe meinen nicht verloren." Sie kicherte.

An diesem Tag trug sie einen hellgrünen Hut, der aussah, als hätte ihn jemand mit einem Baseballschläger bearbeitet und dann ein leuchtend rotes Juwel daran befestigt. „Ich muss sagen, dass dein Cowboyhut wirklich wunderschön ist."

Ihr Blick blieb auf die Straße gerichtet, aber sie grinste breit und brachte ihn zum Lachen. „Hey, mach dich nicht über meinen Cowboyhut lustig. Nur weil ich gerne ein bisschen drauf herumstampfe. Ich mag es, wenn sie etwas abgenutzt aussehen – Charakter haben. Sie sind eben anders als deine makellosen Hüte."

„An einem gutaussehenden Cowboyhut gibt es doch nun wirklich nichts auszusetzen. Ich kenne keinen Cowboy, der nicht möchte, dass sein Cowboyhut gut aussieht."

„Da stimme ich dir zu. Ich mag deinen Hut. Aber ich mag es, dass meiner eben nicht so aussieht. Außerdem ist dieser hier mein Glückshut. Von all meinen Hüten besitze ich diesen am längsten. Ich habe ihn bekommen, als ich fünfzehn war und seitdem habe ich mir viele weitere gekauft."

„Ach deswegen sieht er so aus. Dann ist er wie alt, zehn Jahre?"

„Ja, so in etwa."

Sie war also vierundzwanzig oder fünfundzwanzig Jahre alt und damit ungefähr in dem Alter, auf das er sie geschätzt hatte, als er sie kennengelernt und gedacht hatte, dass sie eine Besserwisserin sei. Heute war ihm klar, dass sie zwar eine Besserwisserin war, aber auch wirklich wusste, worüber sie sprach. Es hatte eine Weile gedauert, bis er das verstanden hatte. Ihr

Wein hatte ihn beeindruckt. Er hatte anders geschmeckt als alles, was er jemals probiert hatte. Er sah sie an und wollte sichergehen, dass sie verstand, was er meinte.

Sie riss den Geländewagen vor dem Gebäude herum.

„Ich bin überrascht, dass du so viel darüber weißt. Du beeindruckst mich."

Sie legte den Kopf schief und starrte ihn an, als könnte sie nicht glauben, dass er so etwas gesagt hatte. „Ich habe mich schon früh mit Weinreben und dem Anbau der Trauben befasst. Und als ich alt genug war, habe ich begonnen, mit verschiedenen Mischungsverhältnissen zu experimentieren. Ich liebe es, Weine zu kreieren. Man könnte an den Weinen der letzten Jahre meinen Lernprozess nachvollziehen. Mein Vater hat mir in den letzten Jahren die alleinige Kontrolle über unsere Kreationen überlassen. Ich habe hart gearbeitet und versucht, unsere Rossi Rose of Tyler Weine auf ein ganz neues Level zu heben, was deren Geschmack, die Tiefe und Komplexität angeht. Ich hoffe, dass ich in den nächsten fünf Jahren meine größeren Träume verwirklichen kann."

„Nun, eins kann ich dir nach unseren Gesprächen der letzten Tage sagen und nachdem ich die Gelegenheit hatte, dich bei der Arbeit zu beobachten. Ich bin mir sicher, dass du alles erreichen kannst, was du dir vornimmst.“

Ein Ausdruck der Freude trat auf ihr Gesicht und er mochte diesen besonderen Glanz in ihren Augen. Er konnte sehen, dass sie stolz auf ihr Wissen war und er fühlte sich schlecht, weil er ihr zu Beginn genau dieses Wissen abgesprochen hatte. „Es tut mir wirklich leid, dass ich dich falsch eingeschätzt habe.“

„Ich habe dich auch falsch eingeschätzt.“

Sie starrten einander an und er spürte das verrückte Verlangen, sie in seine Arme zu ziehen und sie erneut zu küssen. Ihm fiel auf, dass ihm dieser Gedanke immer häufiger kam. Nur wusste er nicht, ob dieser spezielle Wunsch besonders gut war, insbesondere wenn man bedachte, wie entschlossen sie war, zu ihrem Zuhause und ihrem Weingut zurückzukehren. Sie schien nicht die geringste Lust zu verspüren, über den Dreimonatszeitraum hinaus hier zu bleiben.

KAPITEL SECHZEHN

Während sie unterwegs waren und die Einzelheiten der von Ginny geplanten Führungen durch die Scheune mit den Weinfässern und den dort stattfindenden Weinverkostungen besprachen, bemerkte Todd immer wieder, wie seine Gedanken abschweiften und er sich von Ginnys Persönlichkeit ablenken ließ.

Ginny sprühte vor Lebendigkeit, wenn sie über Themen sprach, die mit der Weinindustrie in Verbindung standen, vor allem aber, wenn sie über das Kreieren neuer Weine reden konnte. Ihre Augen funkelten und als sie ihre Gedanken mit seinem Vorarbeiter besprach, verschränkte er die Arme vor der Brust und hörte ihr einfach nur zu. Von Zeit zu Zeit sah Jacob ihn an, weil er wissen wollte, ob das, was sie vorschlug, seine Zustimmung fand und er nickte nur. Ihre Ideen waren gut und er würde ihre gute Laune nicht damit verderben, dass er Änderungswünsche vorbrachte. Genaugenommen war nichts, was sich in dieser Scheune abspielte, seine Baustelle, dafür beschäftige er schließlich einen Vorarbeiter. Er freute sich über ihren Einsatz und als er sah, wie aufgeregt sie deswegen war, spürte er, wie ihn dieselbe Aufregung überkam. Als sie die Scheune verließen, wies sie ihn daraufhin, dass der Eingang des Gebäudes noch Blumen vertragen könnte. Sie schlug vor, Weinfässer aufzustellen, die mit Blumen bepflanzt werden würden. Ginny schwebte vor, dass die Fässer vor lauter Geranien, Immergrün und Ringelblumen quasi überquollen. Er war sich nicht sicher, ob sie das bewältigen konnten, da ihnen nur noch ein paar Stunden des Tages und der Folgetag zur Vorbereitung blieben.

„Wir sollten zur Wildsamenfarm nach Fredericksburgs fahren und dort die Pflanzen kaufen, die du benötigst."

„Kann ich mit dir fahren? Ich war noch nie dort, habe aber gehört, dass es großartig sein soll. Felder mit Blumen, soweit das Auge reicht."

„Klar. Lass uns sofort dorthin fahren, wir haben nicht mehr viel Zeit."

„Gibt es nicht auch in Stonewall einen Blumenladen? Ich dachte, ich hätte dort einen gesehen. Vielleicht sollten wir dorthin fahren, es würde uns eine Menge Zeit sparen und ich wette, dass wir auch dort finden könnten, was wir brauchen."

„Okay, so machen wir es. Ich verschaffe den Einheimischen gern die Gelegenheit, ihre Produkte zur Schau zu stellen."

„Das klingt doch nach einem Plan." Sie sah sich um und seufzte, blinzelte in den Sonnenschein und sah so glücklich aus, wie er sie in der ganzen Zeit, die sie bei ihm verbracht hatte, noch nicht gesehen hatte.

Er mochte das. „Woran denkst du?"

„Dass du vieles richtig machst – wir sind beinahe fertig und ich mag dein Weingut wirklich sehr, Todd. Es ist wunderschön und gut durchdacht. Und du produzierst wundervollen Wein. Ich habe selbst ein paar kleine Verkostungen vorgenommen."

„Nun, ich denke, dass wir beide die Weine des jeweils anderen zu schätzen wissen. Lass uns jetzt die Blumen kaufen fahren, um dem Äußeren dieses Gebäudes etwas mehr Charme zu verleihen. Das mit den Blumen ist eine gute Idee, vielleicht sollten wir auch noch ein paar andere Stellen bepflanzen. Meinst du, wir sollten einen Anhänger mitnehmen?"

„Ich weiß es nicht. An wie viele Pflanzen hast du gedacht? Platz wäre noch mehr als genug in den verschiedenen Veranstaltungsbereichen. Wir könnten Fässer mit Blumen in der Nähe der Fässer zum Weinstampfen und im Eingangsbereich für die Traubenverkostung aufstellen. In der Nähe des Hauses wachsen wunderschöne Pflanzen. Offensichtlich beschäftigst du jemanden, der sich um sie kümmert."

Er lachte reumütig. „Ja, das stimmt. Um ehrlich zu sein, habe ich ein paar Mitarbeiter des Flower Spot angeheuert; sie haben die landschaftliche Gestaltung übernommen, nachdem es einen besonders harten Winter gab und alles erfroren war. Mein Hausmeister kümmert sich um die Pflanzen. Eigentlich gehe ich nur an ihnen vorbei und nehme sie zur Kenntnis. Ich muss mich um so viele andere Dinge kümmern, da habe ich nicht auch noch Zeit für die Blumen."

„Das ist dann wohl der Grund dafür, warum es nicht überall welche gibt. Du musst mich mal auf meinem kleinen Anwesen besuchen kommen, wenn ich wieder in Tyler bin. Wir haben überall Rosen, denn Tyler ist berühmt für sein Rosenhandelszentrum und all die verschiedenen Variationen von Rosen, die es so gibt. Mein Dad zieht mich ständig damit auf, dass ich fast so viele Blumen besitze wie Weinstöcke."

„Pflanzt du die alle selbst und kümmerst dich um sie?"

„Um einige von ihnen – aber die meisten erfordern keinen allzu großen Aufwand. Nur regelmäßige Bewässerung. Und wenn es an einer Sache auf einem Weinberg nicht mangelt, dann ist das regelmäßige Bewässerung."

Das stimmte. Er lächelte sie an, dann stiegen sie wieder in den Geländewagen und rasten zurück, um in den Truck umzusteigen. Da er auf dem Weg in die Stadt am Steuer saß, waren sie dieses Mal sehr viel vorsichtiger unterwegs.

Ginny mochte Todd. *Wie oft musste sie sich noch selbst sagen, dass sie in großen Schwierigkeiten steckte?* Aber sie mochte ihn wirklich sehr. Und überraschenderweise hatten sie gut zusammengearbeitet. Natürlich hatte er allem zugestimmt, was sie gewollt hatte, was ihr viel bedeutete. Sie musste zugeben, dass sie vielleicht manchmal auch ein bisschen geben könnte, anstatt immer nur zu nehmen in dieser Beziehung, die sie nun einmal vorerst hatten. Als sie die kurvenreiche Straße nach Stonewall entlangfuhren, sprachen sie darüber, wie es gewesen war, mit seinem Großvater aufzuwachsen. Denn sie war begierig darauf, mehr über diesen Mann zu erfahren, der seinen Jungs ein so sonderbares Testament hinterlassen hatte.

„Als er starb, hattet ihr also keine Ahnung, dass er diese seltsamen Bedingungen aufgestellt hatte? Ich kann mir ein bisschen vorstellen, wie das gewesen sein muss, denn ich hatte auch keine Ahnung, dass mein Vater vorhatte, unser Weingut zu verkaufen. Manchmal kann man sich über die Schlüsselfiguren in seinem Leben nur wundern – deinen Großvater und meinen Vater. Ich möchte nicht respektlos klingen – ich liebe meinen Vater sehr und ich weiß, dass auch du deinen Großvater geliebt hast. Und ich weiß, dass mein Vater mich liebt und ich weiß, dass dein Großvater dich und deine beiden Brüder geliebt hat. Aber ich weiß nicht… dann haben sie beide diese sonderbaren Dinge unternommen."

„Wir hatten wirklich keinen blassen Schimmer, dass er so etwas tun würde. Aber wir haben für uns entschieden – und Allie hat uns bei diesem Prozess geholfen – dass er sich so verzweifelt nach Urenkeln gesehnt hat, dass er schließlich beschloss, uns zum Heiraten zu zwingen. Wir sind alle erwachsene Männer, wir haben an unseren Karrieren gearbeitet und eigene Wege beschritten. Seit unsere Mutter gestorben ist, hatte keine Frau mehr allzu großen Einfluss auf uns. Wir haben ganz einfach nicht wahrgenommen, wie sehr er sich Urenkel gewünscht hat. Da hat er wohl irgendwann beschlossen, zu drastischen Maßnahmen zu greifen. Auch wenn das nicht der Weg ist, wie so etwas laufen sollte."

Er bog in die Einfahrt des Flower Spot ein. Er ließ den Motor laufen und drehte sich zu ihr herum. „Uns zum Heiraten zu zwingen – das ist auf so vielen Ebenen falsch. Und ich muss zugeben, dass ich überrascht war, als es bei Allie und Wade funktionierte."

Sie würde sich nicht der wahnwitzigen Idee hingeben, dass es irgendwie möglich sein könnte, dass aus ihnen beiden ein echtes Paar wurde. Warum gingen dann ihre Gedanken in diese Richtung? Als sie ihn ansah, entstand erneut der Wunsch in ihr, ihn zu küssen.

„Ich finde, dass sich für Allie und deinen Bruder alles wunderbar gefügt hat. Aber ich denke nicht, dass das nun zur Gewohnheit wird und obwohl ich zugeben muss, dass du sehr viel charmanter bist, als ich ursprünglich dachte – lass dir das jetzt nicht zu Kopf steigen – und ich auch dein Weingut mag, so bin ich doch nicht Allie. Ich werde wahrscheinlich niemals wirklich heiraten. Ich werde wahrscheinlich für immer in Gesellschaft meiner Katzen und Hunde auf meinem Weinberg leben. Wenn ich hundert Jahre alt bin, werde ich wahrscheinlich immer noch darauf herumwirtschaften und mich um meine Reben kümmern." Sie lachte, als sie sich das vorstellte.

„Ich kann es vor mir sehen, wie du im Alter von hundert Jahren immer noch herumwirtschaftest, aber ich denke nicht, dass du den Rest deines Lebens allein verbringen wirst. Warum sagst du so etwas?"

Wie ein Blitz durchfuhr sie ein schmerzlicher Stoß, als sie an Kyle dachte.

„Ich habe meine Gründe."

„Ich muss zugeben, dass mich diese interessieren würden."

Sie fühlte sich überraschend stark in Versuchung geführt, diesem Mann ihr Herz auszuschütten. *Wo kam das denn her?* „Wir gehen wohl lieber hinein und schauen uns die Blumen an, bevor sie sich zu fragen beginnen, warum dieser große Truck vor ihrer Tür herumsteht." Sie öffnete die Tür und stieg aus. Hoffte, dass das Gespräch damit beendet war.

Todd kam um den Truck herum. „Ich werde deswegen nicht lockerlassen, das weißt du, oder? Du bist schließlich meine Frau und ich bin gespannt darauf, warum du denkst, dass du allein bleiben wirst."

Seine Augen blickten sie ernst an und sie gewann den Eindruck, dass er keine Witze gemacht hatte in Bezug darauf, dass er nicht lockerlassen würde.

Die Frage war nur, würde sie es ihm sagen?

Nachdem sie genügend Pflanzen ausgesucht hatten, stiegen Todd und Ginny wieder in den Truck und machten sich auf den Heimweg. Sie schwiegen während der Fahrt, aber seine Gedanken wirbelten umher. Er nahm an, dass es ihr genauso ging, so wie sie die vorbeiziehende Landschaft betrachtete. Mehrmals hätte er beinahe etwas gesagt, aber eigentlich interessierte ihn nach wie vor nur eins, die Frage nach dem Warum. Als sie in die Einfahrt fuhren und er den Motor abstellte, war er schon beinahe besessen davon, eine Antwort auf diese Frage zu erhalten.

Sie sprang aus dem Truck ohne etwas zu sagen.

Er folgte ihr. Berührte ihren Arm. „Ginny, warum? Ich habe geschwiegen, aber ich kann mir einfach nicht vorstellen, warum du planst, niemals wirklich zu heiraten. Ich bin neugierig. Egal wie wütend du auf deine Eltern bist, du musst das loslassen. Alles was sie tun, geschieht, weil sie dich lieben und aus irgendeinem Grund dachten, dass es für dich besser wäre, von vorne zu beginnen, als dass das Weingut dir wie ein Mühlstein am Hals hängt und dich am Vorankommen hindert. Meinst du nicht, dass sie geglaubt haben, dass sie dir damit eine Chance geben würden?"

Sie wirbelte zu ihm herum und ihr Gesicht war voller Wut; sie sah wütender aus als er sie jemals zuvor erlebt hatte, ja die Intensität ihrer Wut übertraf sogar jene, die sie ihm persönlich entgegengebracht hatte. „Todd, sie wollten im Grunde genommen mein Geburtsrecht hergeben – oder verkaufen. Den Ort, an dem ich mein ganzes Leben verbracht habe… den ich über alles liebe und sie haben mich nicht einmal gefragt. Es ist schwer, so etwas zu vergeben."

„Ja, aber hast du jemals in Betracht gezogen, dass vielleicht mehr an der Geschichte dran sein könnte und sie es für dich getan haben? Dass sie dir eine Chance geben wollten. Ich hatte Glück, was das merkwürdige Testament meines Großvaters und meine Zukunft betrifft. Aber ich hätte es geschafft, auch wenn ich dich nicht gefunden hätte. Ich hätte mir etwas einfallen lassen, um alles zu retten. Ich lasse mir das nicht nehmen. Niemals."

„Und was den Grund angeht, warum ich den Rest meines Lebens allein verbringen werde… das hat damit zu tun, dass man sich allen möglichen Arten von Schmerz öffnet, wenn man sein Herz an jemanden verschenkt. Und um ganz ehrlich zu sein, Todd, ich habe das schon einmal durchgemacht. Und es hat mich beinahe umgebracht."

Sie standen nahe beieinander. Sie starrte ihn an, ihr Gesicht voller Schmerz, Wut und Qual. Das Geflecht verschiedener Gefühle zerriss ihn. Unfähig, etwas anderes zu tun, legte er eine Hand an ihren Kiefer und umfasste ihn sanft. Er streichelte ihre Wange. „Das wusste ich nicht. Es tut mir so leid, dass du verletzt wurdest. Ich hatte ja keine Ahnung." Sie war verletzt worden und er fühlte mit ihr. Er konnte den Schmerz in ihren Augen sehen. Er wollte sie trösten und beschützen. Aber das hier war weder der richtige Ort noch die richtige Zeit dafür. „Wenn du jemals reden möchtest, bin ich für dich da. Und Ginny, im Ernst, ich verstehe dich und bin auf deiner Seite, aber du solltest das mit deinen Eltern auf sich beruhen lassen. Du wirst sie nicht für immer haben. Sie werden nicht für immer hier sein und ich kann dir aus eigener Erfahrung sagen, dass es dich den Rest deines Lebens verfolgen wird, wenn ihnen etwas geschieht und ihr euch nicht ausgesprochen habt. Lass es sein – sprecht euch aus." Er ließ seine Hand fallen. Es kostete ihn immense Überwindung, aber dann trat er einen Schritt zurück.

Sie starrte ihn an. „Das klingt so, als hättest du es erlebt?"

Er holte eine Stiege Blumen aus dem Kofferraum und warf ihr einen Blick zu. „Oh ja, das habe ich. Und ich kann dir sagen, dass du diese Bürde nicht tragen möchtest." Mit diesen Worten drehte er sich um und trug die Blumen in die Scheune.

Sie folgte ihm. „Es tut mir leid wegen deiner Eltern. Ich weiß, dass dich das verletzt hat – es ist schmerzhaft. Habt ihr euch gestritten, bevor sie gestorben sind?"

„Ja, das könnte man so sagen. Mein Dad wollte nicht, dass ich weitere Aufgaben übernehme, er wollte mir nicht freie Hand lassen. Als sie das Haus verließen, um zum Flughafen zu fahren, war ich in meinem Zimmer und wollte nicht herauskommen. Ich habe mich nicht von ihnen verabschiedet, habe ihnen nicht gesagt, dass es mir leidtut, sie am Tag zuvor angeschrien zu haben. Ich habe einfach nur dagesessen und vor mich hin geschmollt. Und ich habe sie nie wiedergesehen. Ich habe nie wieder mit ihnen gesprochen. Und damit muss ich nun mein ganzes Leben lang klarkommen." Er drehte sich herum und entdeckte, dass Ginny direkt neben ihm stand. Zu seiner Überraschung schlang sie ihre Arme um ihn und legte ihren Kopf an seine Brust.

„Das tut mir leid. So unendlich leid. Ich weiß aus Erfahrung, dass man sich immer, wenn man jemanden verliert, wünscht, dass man noch einen letzten Moment mit dieser Person verbringen könnte – ein paar letzte Worte sagen könnte. Aber ich kann dir sagen, dass es keinen Unterschied macht, ob man im Guten oder im Schlechten auseinandergegangen ist – der Schmerz ist der gleiche, es bleiben Dinge, die nicht gesagt wurden. Aber", sie sah zu ihm auf, „ich bin mir von ganzem Herzen sicher, dass sie wussten, dass du sie liebst. All die negativen Dinge, die zwischen euch standen, sind unwichtig. Ich spüre das deutlich, in einem solchen Moment sind diese Dinge wie weggewischt."

Er umfasste ihr Gesicht, er konnte einfach nicht anders. „Das denke ich auch und das macht es leichter, denn ich weiß, dass sie wussten, dass ich sie liebe. Heute ist mir klar, dass ich besser den Mund gehalten und auf meinen Vater gehört hätte. Mir Zeit gelassen und gewartet hätte, bis meine Zeit gekommen wäre. Er hat immer das Beste für mich gewollt."

„Mein Vater sagt immer, dass gute Väter nicht immer nur Ja sagen können. Meist müssen sie Nein sagen. Aber das gehört zu dem Prozess, der uns wachsen lässt und fleißige, liebevolle und verantwortungsbewusste Menschen aus uns macht. Und genau das bist du."

Ihre Worte trafen ihn. „Und du auch, Ginny." Und dann, er konnte einfach nicht anders, ließ er seine Lippen auf ihre sinken und küsste sie.

KAPITEL SIEBZEHN

Ginny konnte nicht genug von Todds Kuss bekommen. Sie schlang ihre Arme um ihn und klammerte sich an ihn, als wäre sie am Verhungern. Sie war seit so vielen Jahren nicht mehr geküsst worden, dass sie vergessen hatte, wie es sich anfühlte. Irgendetwas an Todds Küssen war anders, aber sie kam nicht darauf, was es war. Es war einfach anders. Dieser Kuss versengte sie und füllte sie vollständig aus. Er erfüllte sie mit Hitze und Hunger und Verlangen und sie liebte dieses Gefühl. Und dabei war es nur ein Kuss. Ein langanhaltender Kuss. Als er sich zurückzog, um sie anzusehen, überkam sie das Gefühl, als wäre soeben etwas von großer Tragweite in ihrem Leben geschehen. Und das erschreckte sie zu Tode.

Sie wich zurück. „Nun, ich sehe, dass da definitiv eine gewisse Chemie zwischen uns ist. Wie auch immer, danke für dein Mitgefühl und dein Einfühlungsvermögen. Vielleicht sollten wir jetzt die Pflanzen aus dem Truck holen." Mit diesen Worten drehte sie sich um und schritt so schnell aus der Scheune, dass sie beinahe schon rannte. In der Tiefe ihres Herzens tat sie genau das. Todd hat sie nicht nur erschreckt; er bedeutete nicht nur Ärger – er stellte eine Bedrohung für alles dar, was sie für ihr Leben geplant hatte und das war ihr erst in diesem Moment klargeworden.

Todds Telefon klingelte, während er Ginny dabei zusah, wie sie aus der Scheune stürmte, diese starke und unverwüstliche Frau, die ihr Herz so sehr verschlossen hatte, dass niemand an es herankam, nicht einmal er. *Wollte er das denn?* Er begann zu glauben, dass er das tat. Gefiel ihm das? *Auf keinen Fall.* Aber er konnte dieses Gefühl einfach nicht abschütteln. Er war noch nie dermaßen fasziniert gewesen, war nie derart in seine Schranken gewiesen worden; war noch nie von jemandem so hingerissen gewesen. Sie forderte ihn heraus. Sie stachelte ihn auf. Sie brachte ihn dazu, Dinge zu wollen, an die er besser nicht dachte. Und doch tat er es.

„Hallo", sagte er ins Telefon, froh über die Gnadenfrist und die Entschuldigung, ihr nicht folgen zu müssen. Sie mussten ihr Gespräch nicht unbedingt sofort weiterführen. Er musste sich über einiges klarwerden. Und er hatte das Gefühl, dass sie dasselbe tun musste. Sie hatten über sehr persönliche Dinge gesprochen. Deshalb war alles mit einem Mal so falsch. Sie hatten eine Grenze überschritten und das hätten sie besser nicht getan. „Wade, bist du das?"

„Ja, ich bin es. Kannst du zur Ranch rüberkommen? Ich habe ein Problem mit ein paar Kühen und könnte ein paar zusätzliche Hände gebrauchen. Hast du Zeit?"

„Oh ja, ich habe Zeit. Hier auf dem Weingut haben wir so gut wie alles unter Dach und Fach. Ich bin gleich da."

„Allie kann zu euch kommen und deinen Platz

einnehmen, wenn ihr sie braucht. Wir würden euch quasi austauschen."

Er hielt das für eine großartige Idee. „Allie hat Zeit?"

„Ja, hat sie. Sie wollte sowieso zu euch rüberfahren, aber ich habe sie nicht gelassen. Tut mir leid, ich wollte, dass ihr etwas Zeit zu zweit verbringen könnt."

„Bruder, misch dich nicht in mein Privatleben ein. Schick sie rüber. Hier passiert rein gar nichts."

Er hatte soeben seinen Bruder angelogen. Hier passierte eine ganze Menge, aber das würde er niemandem gegenüber zugeben.

Ginny begann Pflanzen umzutopfen, nachdem Todd gegangen war. Sie musste etwas tun, um ihrer Frustration Herr zu werden. Todd… dieser Mann sorgte dafür, dass alles in ihr merkwürdig durcheinandergeriet. Sie hatten sich beide in die Probleme des anderen eingemischt und waren sich dabei zu nahegekommen. Sie hatte sich in sein Leben eingemischt und er hatte sich in ihr Leben eingemischt und das konnten sie gar nicht gebrauchen. Sie war so erleichtert gewesen, als er aus der Scheune gestürmt war und ihr zugerufen hatte, dass er Wade auf der Ranch mit irgendetwas helfen musste und das stattdessen Allie zu ihr kommen würde, um ihr behilflich zu sein. Sie musste mit Allie reden.

Allie lächelte, als sie eine halbe Stunde später aus ihrem Truck stieg und auf sie zugelaufen kam. Aber als sie näherkam, verschwand ihr Lächeln. „Ist alles in Ordnung? Du siehst... wütend aus? Verärgert? Irgendetwas ist doch. Sprich mit mir, Mädchen."

Ginny setzte sich auf ihre Fersen zurück und legte ihre Ellbogen auf ihre Knie. In den Händen hielt sie eine Geranie, während sie zu Allie aufsah. „Allie, wie du weißt, werde ich Menschen gegenüber nie persönlich. Du bist so ziemlich die einzige Ausnahme – okay, *die* Ausnahme. Aber aus irgendeinem Grund schafft es Todd manchmal, mir Dinge zu entlocken und das macht mich nervös."

Allies Gesichtsausdruck wurde sanfter. Sie griff nach einer Pflanze und kniete sich neben sie. „Ginny, es ist nicht schlimm, sich auch anderen Menschen anzuvertrauen. Sag mir eins, hast du Gefühle für Todd? Denn ich glaube nicht, dass du dich ihm öffnen würdest, wenn du nicht spüren würdest, dass dich etwas in seine Richtung zieht."

Sie und Allie waren wie Zwillinge. Sie hatten ihr Leben miteinander geteilt und Allie war immer ihr Fixstern gewesen. So wie in diesem Moment. Allie beruhigte sie auf eine Art und Weise, wie das sonst niemand konnte und erweckte in ihr den Wunsch, nicht immer der Elefant im Porzellanladen zu sein, der sie meistens war. Allie besaß eine Güte, die Ginny nicht zu haben glaubte. Aber wenn sie mit Allie zusammen war, dann vermittelte Allie ihr das Gefühl, dass das nicht stimmte. „Es könnte sein. Aber Allie, der Gedanke daran erschreckt mich zu Tode. Und außerdem macht es doch ohnehin keinen Sinn, es zuzugeben. Ich werde auf mein Weingut zurückkehren und ich habe ihm auch gesagt, dass ich den Rest meines Lebens allein verbringen werde. Du weißt schon, wie ich es gesagt habe seit… naja, du weißt schon, seit Kyle."

„Und wie ich jedes Mal geantwortet habe, ist das kompletter Unsinn. Dort draußen gibt es einen Mann, der perfekt für dich ist. Der eine starke, unabhängige Frau wie dich will. Der deine Ideen liebt und das Feuer in dir. Um ehrlich zu sein, hatte ich schon in dem Moment, als du und Todd euch das erste Mal begegnet und verbal aufeinander losgegangen seid, das Gefühl, dass er derjenige sein könnte. Und dann ist all das mit deinen Eltern passiert und nun ja, ich frage mich seitdem, ob es nicht genauso hat kommen sollen. Ich weiß, dass Wade und ich füreinander bestimmt waren – anders kann man das einfach nicht sagen. Was uns beiden passiert ist, das hätte nicht jedem anderen passieren können. Was denkst du?"

„Ich denke, dass die Chancen für das, was euch passiert ist, bei eins zu einer Million lagen. Das wird nicht noch einmal geschehen. Ich glaube, du hast dir völlig grundlos Hoffnungen gemacht."

KAPITEL ACHTZEHN

„Ich verstehe nicht, warum du denkst, dass ich mir grundlos Hoffnungen mache." Allie grub ein Loch, setzte eine Geranie hinein, bedeckte den Wurzelballen mit Erde und drückte diese sorgfältig fest. „Ich hoffe nicht. Ich wünsche mir… nun ja, vielleicht hoffe ich ja doch. Ich weiß nicht, Ginny. Es macht mich jedes Mal verrückt, wenn du sagst, dass du allein alt werden wirst oder etwas in der Art. Schatz, ich weiß, dass du Kyle geliebt hast. Und ich weiß, dass er fortgegangen und gestorben ist – es war einfach schrecklich. Deine Eltern und alle möglichen Leute haben sich ein völlig falsches Bild von dir gemacht, dabei ging sie das alles doch gar nichts an. Aber du musst darüber hinwegkommen. Es ist so lange her. Das sollte nicht für den Rest deines Lebens über deinem Kopf schweben. Komm schon, sieh mich an und sag mir, dass du Todd eine Chance gibst."

Ginny starrte ihre Freundin an und spürte, wie sie von verschiedenen Empfindungen zerrissen wurde. Alles, was Allie sagte, entsprach der Wahrheit. Warum hatte sie sich dann schon so lange von all dem herunterziehen lassen? Warum hegte sie einen solchen Groll deswegen – war es überhaupt Groll? Oder war es nicht vielmehr einfach die Art und Weise, wie sie sich fühlte. „Allie, ich kann dir nicht einmal mit Sicherheit sagen, ob da wirklich etwas zwischen Todd und mir ist. Er hat mich geküsst und damit meine Welt für einen Augenblick auf den Kopf gestellt. Ich würde lügen, wenn ich sagen würde, dass es mir nicht gefallen hat und ich nicht auf einen weiteren Kuss hoffen würde. Das tue ich irgendwie, aber es würde nicht funktionieren. Alle meine Träume hängen mit Tyler zusammen. Ich möchte mein Weingut weiter ausbauen. Ich möchte es dabei beobachten, wie es sich zu dem besten kleinen Weingut entwickelt, dass es gibt. Ich möchte das Weingut und meine Marke perfektionieren. Ich mag auch dieses Anwesen. Es ist wunderschön hier, aber mein Herz hängt an Tyler. Ja, ich beneide Todd um diesen Ort und kann mir nur schwer vorstellen, wie es wäre, all diese Möglichkeiten zu haben. Es wäre unglaublich. Ich denke, dass ich nach dem Fest damit beginnen werde, ihr Material zu testen und ein bisschen damit herumzuspielen. Ich glaube, genau das werde ich in der verbleibenden Zeit hier tun – ich werde hierherkommen und schauen, was dabei herauskommt. Vielleicht komme ich so einen Schritt weiter und finde eine Traubensorte, die ich auch daheim anbauen könnte, um dann den Geschmack zu erhalten, den ich anstrebe. Das wäre natürlich Zukunftsmusik. Wenn ich etwas zusammenstellen könnte, das mir wirklich gefällt, dann könnte ich vielleicht auch einfach eine entsprechend große Menge Trauben einkaufen, um mit dem Geschmack dieser Trauben die mir vorschwebende Mischung zu vervollkommnen. Wie auch immer, ich setze große Hoffnungen in diese Testreihen und nun ja, du weißt ja, wie ich bin, wenn ich mich mit diesen Dingen beschäftige."

Allie lächelte. „Oh ja, das weiß ich. Deine Gedanken kreisen dann nur noch darum. Ich glaube nicht, dass Todd weiß, was mit dir passiert, wenn du von all dem Wein, den Reagenzgläsern und Proben in diesem Raum umgeben bist. Dass du völlig darin aufgehst und nichts und niemanden mehr um dich herum wahrnimmst."

Ginny dachte für einen Moment daran. Ein Lächeln zupfte an ihren Lippen, bevor es die Oberhand gewann und sich seinen Weg bahnte. „Es wird die reine Glückseligkeit sein, so wird es sein. Ich kann es kaum erwarten. Naja, zumindest hat dieser Typ inzwischen verstanden, dass ich weiß, wovon ich spreche. Und ich weiß, dass er das auch tut. Er hat eine angeborene Begabung dafür und ich denke, dass er sich mit Hingabe um seine Trauben kümmert. Aber einen Wein kreieren – das ist nicht unbedingt seine Sache. Sein Winzer hat ihn verlassen und so wie ich das sehe, weiß er im Moment nicht so recht, was er tun soll. Und da auch sein Chef-Vorarbeiter gegangen ist, steckt er gewissermaßen in der Klemme, auch wenn er das nicht zu bemerken scheint. Man hat immer gewisse

Reserven, weißt du, und so groß wie dieses Anwesen ist, haben sie ganz sicher welche. Aber wenn er sich nicht bald um die Ernte kümmert… nun ich habe das Gefühl, dass er dann womöglich die Trauben eines guten Jahrgangs abschreiben kann."

„Nun ja, vielleicht könntest du ja, wenn du ohnehin in diesem Raum bist und mit seinem Wein herumexperimentierst, auch eine Möglichkeit finden, seine Mischung zu verbessern."

Ginny dachte darüber nach. „Ja, vielleicht. Wer weiß."

Allie sah sie mit einem merkwürdigen Blick an. „Du hast recht, Ginny. Wer weiß – vielleicht stellt sich das Ganze als eine Art göttliche Fügung heraus. Ich meine, ihm fehlen die Schlüsselelemente, um den Geschmack seines Weins und die Mischungsverhältnisse zu verbessern und dann bist da mit einem Mal du – eine Person, die über genau diese Fähigkeiten verfügt. Du machst das voller Freude und übertrumpfst jeden anderen mit deinem Können. Bisher hast du aber noch nicht in der ganz großen Liga gespielt. Ich weiß, dass du dein Weingut liebst, aber im

Vergleich zu dem hier ist es ein kleiner Fisch. Hier kannst du in der ganz großen Liga mitspielen, Süße. Warum schaust du nicht einfach, was du tun kannst? Ich kann mir vorstellen, dass ihr beide großes erreichen könntet, wenn ihr euch zusammentun würdet. Denk darüber nach, es könnte wirklich so sein, wie du es dir ausgemalt hast, als du davon gesprochen hast, seine und deine Trauben zusammenzubringen – es könnte etwas richtig Cooles dabei entstehen."

Ginny griff nach der Stiege mit den Pflanzen und ging zu dem anderen Weinfass hinüber.

Allie folgte ihr, doch sie kniete sich nicht erneut hin. Sie blieb stehen und stemmte die Hände in die Hüften. „Du denkst darüber nach, oder? Ich meine, du lässt es dir wirklich durch den Kopf gehen, oder?"

Ginny lachte. „Okay, okay, ja, Fräulein Neunmalklug. Ich werde darüber nachdenken. Aber nagele mich nicht darauf fest. Und bilde dir auch nicht ein, dass etwas daraus entstehen könnte. Ich werde nur offen mit dem Gedanken daran umgehen. Das ist ein großer Unterschied zu einer andauernden persönlichen Beziehung. Denk dran, das Ganze ist immer noch eine geschäftliche Vereinbarung. Rein geschäftlich."

Aber noch während sie die Worte aussprach, wusste sie, dass sie sich selbst etwas vormachte, denn diese Sache war bereits weit davon entfernt, sich nur ums Geschäftliche zu drehen. Wahrscheinlich war seit der Zeit mit Kyle nichts mehr so persönlich gewesen.

Grimmig starrte Todd den toten Bullen an, der vor ihnen lag und der Grund für Wades Anruf gewesen war. „Was ist hier geschehen?"

„Der Verdacht, der sich mir aufdrängte, gefällt mir nicht, deshalb habe ich dich gleich angerufen." Wade stand neben ihm und starrte auf den verunstalteten Kadaver. Dieser lag mitten auf der Weide, nicht allzu weit vom Haus entfernt; eine Seite seines Kopfes fehlte. Die Wundränder waren sauber und ordentlich und sie konnten sehen, dass es einen kleinen Kampf gegeben haben musste, aber abgesehen von ein paar zerfetzten Grasbüscheln handelte es sich um eine recht ordentliche Todesstelle.

Todds Gedanken gingen in die gleiche Richtung

wie die seines Bruders zuvor. „Ist das da ein Pfotenabdruck?" Er ging zu der Stelle hinüber und betrachtete den Abdruck im Boden. Es war definitiv ein Pfotenabdruck. Ein sehr großer Pfotenabdruck.

„Ja, das ist ein Pfotenabdruck. Wie du weißt, hat es von Zeit zu Zeit Berichte über Pumas gegeben, die sich hier draußen herumtreiben sollen, aber es gibt nur sehr wenige von ihnen. Ich kann mich nicht einmal daran erinnern, wann ich das letzte Mal gehört habe, dass irgendein Tier ein Rind getötet hat." Wade betrachtete die sie umgebende Landschaft, um sicherzustellen, dass die große Katze verschwunden war.

Immer mal wieder hatte es Berichte aus verschiedenen texanischen Gebieten gegeben, in denen davon die Rede gewesen war, dass Menschen einen Berglöwen oder Panther getötet hatten. Man nannte sie *Chupacabra*. Aber wie immer man sie auch nannte, kein Rancher sah solche Tiere gern in seiner Gegend. Schon gar nicht, wenn sie in der Lage waren, einen Bullen wie diesen zu reißen.

Todd gefiel das ganz und gar nicht. „Hast du den

Wildhüter angerufen?"

„Er ist auf dem Weg. Wenn sie sich alles angesehen haben, werden sie uns sagen können, was sie denken. Aber wir wissen beide, dass es eine Katze war. Es bereitet mir Sorgen, dass sie sich offenbar entschieden hat, einen Bullen zu töten. Ich frage mich, ob sie nur hungrig war oder ob etwas anderes vor sich geht. Das alles gefällt mir überhaupt nicht. In der Regel bewegen sie sich über ein ausgedehntes Gebiet hinweg. Ich habe Allie noch nichts davon gesagt."

„Ja und ich denke, das ist eine gute Idee. Aber ich würde darauf achten, dass sie nicht allein herumläuft. Wenn ich du wäre, dann würde ich sicherstellen, dass alle meine Jungs ihre Gewehre dabeihaben oder eine Waffe an der Hüfte tragen, nur um auf der sicheren Seite zu sein. Ich weiß, dass ich möglicherweise überreagiere, aber mir ist es lieber, wir sind eine Zeitlang etwas übervorsichtig. Zumindest, bis wir wissen, dass mit dieser Katze alles in Ordnung ist. Vielleicht hat irgendetwas an diesem Bullen ihre Aufmerksamkeit erregt. Ich bin ratlos… das bin ich wirklich. Aber auch ich werde meine Leute warnen, denn mein Anwesen ist schließlich gleich die Straße entlang auf der anderen Seite des Highways. Wer weiß – sie könnte sich in diesem Moment dort herumtreiben. Zum Glück ist hier im Hinterland eine Menge los."

„Ich verstehe, was du meinst und glaub mir, ich würde sie auch informieren." Dann klingelte Wades Telefon und aus dem, was sein Bruder sagte, schloss Todd, dass es sich um den Wildhüter handeln musste. Er erklärte ihm, wie er zu der Weide kommen würde, auf der sie sich befanden. Er hatte seine Cowboys bereits angewiesen, das Vieh von dieser Weide zu treiben. Er wollte nicht, dass noch mehr Tiere verschwanden oder starben. Insbesondere wollte er vermeiden, dass den Kälbern etwas geschah.

Und das war das merkwürdige an der ganzen Sache – warum hatte die Katze ausgerechnet diesen Bullen erlegt? Von allen in Frage kommenden Tieren war dieses eines der größten und stärksten gewesen. Warum diesen Bullen, wenn sie auch ein viel schwächeres Kalb hätte erlegen können? Es sei denn, sie hatte versucht, ein kleineres Tier zu erlegen und der Bulle hatte sie dabei gestört. Vielleicht hatte er sein

Revier verteidigen wollen.

Todd wusste es nicht genau, spürte aber, wie ihn ein unbehagliches Gefühl beschlich.

Als der Wildhüter kam, nahm er Proben und machte ein paar Bilder von den Spuren und dem Bullen. Auf der Suche nach weiteren Hinweisen untersuchten sie auch den Boden unter dem Kadaver und verfolgten dann die Spuren der Katze. In einiger Entfernung wurden sie fündig. Es ließ sich nicht leugnen, dass es sich um eine große Katze handelte. Definitiv kein Rotluchs – es gab viele Rotluchse in der Gegend, aber dies war nicht das Werk eines solchen. Sie waren klein, auf keinen Fall konnten sie so etwas tun. Der Wildhüter stimmte dem zu.

Als sie die Weide verließen, einigten sie sich darauf, dafür zu sorgen, dass die anderen Viehzüchter in der Gegend informiert würden. Sie würden besser wachsam sein. Bis man herausgefunden hätte, warum das Tier einen so großen Bullen erlegt hatte, würden sie alle in Alarmbereitschaft sein. Im bestmöglichen Szenario hätte der Bulle interveniert, als die Katze ein Kalb angegriffen hatte. Dies würde bedeuten, dass sich vielleicht noch irgendwo ein verletztes Kalb befand. Die Katze hatte sicherlich mehr als einen Hieb benötigt, um einen Bullen dieser Größe auszuschalten und einer Katze, sie solch mächtige Tatzen hatte, würde man nicht schutzlos begegnen wollen.

Als Todd sich auf den Heimweg machte, dachte er an das, was Wade und er beschlossen hatten. Sie würden dafür sorgen, dass ihre Frauen nicht schutzlos oder ohne Begleitung von einem von ihnen beiden in der Gegend umherstreifen würden. Als er durch die Weinberge fuhr, fiel ihm auf, dass er Ginny als *seine Frau* bezeichnet hatte. Er hatte noch nicht einmal mit Wade über die Situation sprechen müssen. Von seinem Gespräch mit Wade neulich wusste er, dass sein Bruder annahm, dass er Gefühle für Ginny hatte, die er sich selbst gegenüber nicht eingestand. Wade beglückwünschte ihn bereits dazu, mit Ginny genauso viel Glück gehabt zu haben wie er selbst mit Allie. Todd war sich aber nicht sicher, ob er wirklich Glück hatte. Er würde die Situation unter Kontrolle bekommen müssen und sehen, wohin ihn der Weg führte.

Denn er und Ginny hatten ihre Schwierigkeiten. Und außer ihnen beiden konnte niemand herausfinden, was als nächstes passieren würde.

Ein paar Minuten später starrte Ginny ihn an. „Wie meinst du das, eine Katze? Ein Berglöwe hat einen Bullen getötet? Ich habe gehört, dass ein paar von ihnen gesichtet wurden – letztes Jahr trieben sich einer oder zwei oben in Fort Worth und den dichter besiedelten Gegenden von Texas herum. Ich habe sogar Bilder gesehen und auf denen sahen sie riesig aus. Aber es gibt nur wenige von ihnen. Sicherlich ist er weitergezogen. Wir erwarten für morgen eine Menge Leute.“

Ginny konnte nur daran denken, dass am nächsten Tag das Fest stattfinden würde und viele Menschen kommen würden. Nach all den Anstrengungen, die sie unternommen hatten, erwarteten sie einen großen Besucherandrang. Der Gedanke daran, dass jemand, der das Weingut besichtigen wollte, plötzlich einem Berglöwen gegenüberstand, war… beängstigend.

Diese Art der Berichterstattung in den Medien konnten sie nicht gebrauchen.

In dem Moment, als ihr dieser Gedanke kam, dämmerte ihr, dass sie auf die Situation reagierte, als gehörte das Anwesen auch ihr. Ihr Gehirn brachte die Dinge völlig durcheinander. Todd stand vor ihr, die Hände in die Seiten gestemmt, Schweiß tränkte den Ausschnitt seines Shirts und die Achselhöhlen. Sie hatten gearbeitet; er hatte ihr erst erzählt, warum er zu Wade gefahren war, als sie mit den Vorbereitungen für den nächsten Tag fertig gewesen waren. Es war noch eine Menge zu tun gewesen, all die kleinen Details, die im letzten Moment noch erledigt werden mussten. Morgen würden sie nur noch alles herausbringen müssen und dann hieß es warten, bis die Leute auftauchten. Während sie sich gegenüberstanden, begann die Sonne unterzugehen. Es war wunderschön: Zirruswolken verteilten sich am Himmel und die Sonne erstrahlte in einer leuchtenden Mischung aus Gold und dem schillerndsten durchscheinenden Orange, das sie seit langer Zeit gesehen hatte. Es war zauberhaft.

Aber sie war besorgt. „Was werden wir tun?"

Er legte den Kopf schief, damit er sie ansehen konnte. „Wir werden vorsichtig sein, aber alles so machen, als wäre nichts geschehen. Die Wahrscheinlichkeit, dass er noch einmal hier auftaucht, ist wahrscheinlich etwa so hoch wie die, dass man Millionen Dollar im Lotto gewinnt. Aber die Tatsache, dass er bei Wade aufgetaucht ist und diesen Bullen getötet hat… will mir einfach nicht aus dem Kopf. Er könnte verwirrt sein, weißt du, deshalb werde ich meine Männer anweisen, ihre Gewehre bei sich zu tragen – nicht die, die unsere Gäste zu sehen bekommen, sondern die, die etwas weiter draußen sind. Wir werden ein Auge aufeinander haben und dir wird nichts geschehen, wenn du in der Nähe bleibst. Aber wenn du mit dem Fahrzeug irgendwohin fährst, dann nimmst du deine pinke Loretta mit. Hast du das verstanden? Und du legst sie griffbereit neben dich oder nimmst mich oder einen der bewaffneten Männer mit. Ich möchte nicht, dass du alleine umherziehst."

„Todd McCoy, ich kann auf mich selbst aufpassen. Ich kann es nicht glauben, dass du mir sagst, ich soll Loretta mitnehmen." Sie lächelte. „Aber glaube mir, ich nehme Loretta mit. Ich brauche keinen Cowboy, der mit mir rumhängt. Wenn mir diese Katze zu nahe kommt und Ärger will, dann wird sie welchen bekommen."

Sein Blick verhärtete sich. „Ginny, manchmal raubst du mir wirklich den letzten Nerv. Ich weiß, dass du zäh bist. Und ich weiß, dass du dich für zäher hältst, als du bist. Aber wir sprechen hier von einer Katze, die Pfoten hat, die größer sind als deine Füße. Ebenjene Katze hat einem Bullen mit einem gezielten Schlag den halben Kiefer fortgerissen. Du wirst also vorsichtig sein. Ich werde dich nicht noch einmal warnen – wenn ich sehe, wie du hier herumläufst und unvorsichtig bist und Risiken eingehst, dann komme ich höchstpersönlich und sperre dich in dein Zimmer ein oder sorge dafür, dass du deine Sachen packst."

Sie starrte ihn an. „Todd McCoy, noch einmal – gib mir keine Anweisungen. Ich werde vorsichtig sein und auf mich aufpassen. Und wenn du versuchen solltest, mich in mein Zimmer zu sperren, dann hätten wir ein großes Problem."

Er riss sich den Hut vom Kopf und fuhr sich mit der Hand durchs Haar. „Schau mal, Ginny, ich habe das nicht aus Gemeinheit gesagt. Ich habe das gesagt, weil ich mir Sorgen um dich mache. Und du kannst nicht gut damit umgehen, wenn man sich Sorgen um dich macht."

Sie seufzte. „Okay, gut. Aber nein, ich kann vor allem nicht gut damit umgehen, wenn man mir Befehle erteilt. Konnte ich noch nie. Und mir ist klar, dass dein Verhalten auf Besorgnis fußt. Deshalb werde ich versuchen, es zu ertragen. Aber ich warne dich – du solltest besser nicht versuchen, mich in diesen Raum einzusperren. Ich habe Loretta dort drin und würde nur die Tür wegschießen."

Er lachte. Sein Lachen milderte die Spannung zwischen ihnen etwas und sie lächelte. Sie starrten einander an. „In Ordnung. Wenn du also etwas tust, das ich für unsicher halte und ich denke, dass du dich damit in Gefahr begibst, dann werde ich das Gespräch mit dir suchen. Wie klingt das?"

Sie grinste ihn an. „Es klingt, als würdest du dazulernen." Sie lachte. Um ehrlich zu sein, fühlte es sich gut an, dass da jemand war, der sich um sie sorgte. Aber das würde sie ihm nicht sagen. Nein, ganz gewiss würde sie das nicht.

KAPITEL NEUNZEHN

Der Tag des Erntefestes übertraf all ihre Erwartungen. Die Menschen kamen in Scharen. Todd stand inmitten des Trubels und beobachtete herumschlendernde Besucher, die die Feierlichkeiten genossen. In einem Bereich des Festgeländes stampften die Leute Trauben, in einem anderen hatten Kinder einen Riesenspaß beim Zubereiten von Marmelade, was Ginnys Idee gewesen war. Es wollte ihm nicht in den Kopf, dass sie in all den Jahren, in denen sie das Erntefest nun schon veranstalteten, noch nie an so etwas gedacht hatten. Die Zubereitung von Marmelade war nicht nur für die Kinder, sondern auch für deren Eltern ein großes Vergnügen.

Wade gesellte sich zu ihm. „Ich würde sagen, es

ist ein voller Erfolg.“

Todd lachte. „Meinst du?“

„Oh ja. Morgan wird beeindruckt sein. Er wird jede Minute eintreffen. Wir werden das Flugzeug dort drüben sehen können. Er wird auf der hinteren Weide landen, wo ich ihn abholen werde. Er hat mir gerade Bescheid gegeben, dass sie schon ganz in der Nähe sind. Ich habe ihm gesagt, er soll nach unten schauen, wenn sie uns überfliegen, und sich von oben ein Bild von der Lage machen.“ Er lachte.

„Nun, dann hoffe ich, dass sich das Flugzeug ein wenig zur Seite neigt, damit er einen besonders guten Blick aus dem Fenster hat.“

Sie vernahmen das Brummen eines Flugzeugtriebwerks und erblickten den schlanken Jet, als sie nach oben sahen. Sein Bruder kam nicht allzu oft hierher, daher bedeutete der Umstand, dass er es nun tat, eins von zwei Dingen: entweder kam er hierher, um zu schauen, wie es um Ginnys und Todds Beziehung stand – denn Todd war sich sicher, dass auch Morgan inzwischen zumindest ein bisschen nervös war, was das Testament ihres Großvaters wohl für ihn bereithalten mochte. Aber vielleicht war er auch einfach nur gekommen, um mit ihnen das Erntefest zu feiern. Sie veranstalteten dieses Fest schon seit Ewigkeiten, aber er konnte sich nicht daran erinnern, dass es jemals so gut besucht gewesen wäre wie dieses Mal. Sie hatten auch sonst Marketing-Teams engagiert, aber Ginny hatte sich alle Mühe gegeben, wirklich jeden über das Fest und dessen Attraktionen zu informieren. Sie war gut. Er fragte sich, ob ihr klar war, dass es innerhalb der Weinindustrie bestimmt noch etliche andere Jobs gab, in denen sie sich würde hervortun können, die nichts mit der unmittelbaren Arbeit auf einem Weingut zu tun hatten. Ihn beschlich das Gefühl, dass ihre Eltern das womöglich auch erkannt hatten. Sie wussten um die Unwägbarkeiten eines Lebens auf einem kleinen Weingut und die damit einhergehende Arbeit. Er zweifelte nicht daran, dass sie die Gelegenheit begrüßt hatten, ihr Weingut an eine große Firma verkaufen zu können. Diese Möglichkeit sicherte ihnen einen unbeschwerten Ruhestand und Ginny eine sorgenfreie

Zukunft. Welche Eltern würden sich das nicht für ihr Kind wünschen? Aber Ginny – stur wie sie nun einmal war – wollte eben, dass die Dinge so liefen, wie sie sie sich ausgemalt hatte. Sicherlich machte sie sich keine Gedanken um eine sorgenfreie Zukunft. Sie lebte ganz im Hier und Jetzt. Und sie war gut darin.

Vielleicht sollte er das ihr gegenüber erwähnen. Er könnte seine Nase in Angelegenheiten stecken, in denen sie sicher nicht erwünscht war… aber vielleicht könnte er ihr helfen, einen Teil des Ärgers zu überwinden, den sie ihren Eltern gegenüber empfand – vielleicht könnte er das. Vielleicht könnte er ihr so etwas zurückgeben für all das, was sie hier für ihn getan hatte. Er entdeckte sie im Marmeladenbereich, wo sie mit ein paar Kindern lachte.

„Fahr du mal Morgan abholen. Ich werde zu Ginny hinübergehen und ihr sagen, was für großartige Arbeit sie hier geleistet hat."

Wade grinste ihn an. „Tu das, kleiner Bruder. Und wenn du schon mal dabei bist, dann könntest du auch gleich versuchen, sie dazu zu bringen, hier zu bleiben.

Ihr zwei seid ein gutes Team."

Er würde nicht einmal versuchen, das zu leugnen, denn es stimmte unbestreitbar.

Ginny bemerkte, dass Todd in ihre Richtung gelaufen kam. Sie strahlte ihn an. Sie hatte Spaß. Und so wie er aussah, war auch er glücklich. Das Fest war ein gigantischer Erfolg. Sie hatte Zeit mit Allie verbracht, die gemeinsam mit Ethel und Clara den Marmeladenbereich betreute. Ihr fiel auf, dass sie die Marmeladenherstellung des Weingutes mehr und mehr ins Herz schloss. Ein paar Aspekte davon gefielen ihr unglaublich gut. Wie zum Beispiel mit all diesen Kindern zu spielen.

„Hey, Cowboy. Was denkst du?"

Er grinste und tippte auf die vordere Krempe ihres Cowboyhutes, sodass ihr dieser über die Augen rutschte. „Ich denke, dass du es gut gemacht hast – unglaublich gut. Es ist das beste Fest aller Zeiten."

Sie stieß den Hut so weit zurück, dass sie ihn ansehen konnte. Schmetterlinge wirbelten in ihrem

Körper umher. Dieser Mann hatte einfach einen gewissen Einfluss auf sie. Darüber würde sie jetzt nicht nachdenken. „Danke. Ich habe dir gesagt, dass ich gut bin. Du hättest mir nur zuhören müssen."

Er warf den Kopf zurück und lachte herzhaft. Dieses Geräusch ließ die Schmetterlinge in ihrer Magengrube tanzen. *Diesem Lachen könnte sie bis in alle Ewigkeit lauschen.* Der Gedanke traf sie wie ein Blitz und schlagartig wurde sie ernst. Starrte ihn einfach nur an. *Diesem Lachen lauschen und diesen Mann ansehen waren beides Dinge, die sie bis in alle Ewigkeit würde tun können. Großer Gott, sie steckte wirklich in Schwierigkeiten.*

„Ähm, gleich startet der Dreibeinlauf. Ich habe sowohl diesen Jungen dort drüben als auch den beiden Mädchen dort versprochen, dass ich gegen sie antreten würde. Mir ist klar, dass es vielleicht ein bisschen unausgewogen wäre, wenn du und ich gegen die Kinder antreten, aber sie haben die Jugend auf ihrer Seite. Willst du mein Partner sein?" In dem Moment, in dem sie die Worte aussprach, wurde ihr klar, dass sie nichts dagegen einzuwenden hätte – wenn er bei mehr als nur bei diesem Lauf ihr Partner wäre. Sie schob den Gedanken beiseite. *Jetzt nicht an sowas denken.* Aber sie konnte nicht abstreiten, dass sie es tat.

Er grinste. „Ich finde, das klingt nach einer lustigen Idee. Das würde ich gerne tun."

„Großartig. Dann los. Wir gehen dort hinüber, stellen uns an und suchen uns ein kurzes Stück Schnur." Sie ging zu dem benannten Platz und griff nach einem der Stoffstreifen, die sie vorbereitet hatten. Sie kehrte zu ihm zurück, bückte sich und begann, ihr Bein an seines zu binden.

„Hast du schon mal an einem Dreibeinlauf teilgenommen?" Sie sah zu ihm auf. Er hatte seine Hände in die Hüften gestemmt, wie er es meistens tat, während er zu ihr herabsah. Aus dieser Perspektive wirkte er wie ein übergroßer Texaner. Und er sah so gut aus, dass ihr Herz zu klopfen begann. Sie musste ihre Gedanken sammeln.

„Ich muss zugeben, dass das schon lange her ist. Ich werde mich an dir festhalten und du übernimmst die Führung."

„Nun, das klingt nach einer großartigen Idee, denn du weißt ja wie ich bin – ich übernehme gern die Führung. Und ich werde dir sagen, wie wir es machen. Denn ich habe das schon öfters gemacht."

Er grinste. „Tatsächlich? Du spielst also häufig mit Kindern und rennst mit zusammengebundenen Beinen in der Gegend herum?"

Sie zwinkerte ihm zu. „Könnte schon sein. Ich habe eine Menge Facetten, von denen du nichts weißt, Todd McCoy. Ich habe nicht nur ein hübsches Gesicht oder einen tollen Körper. Es gibt auch noch andere Dinge an mir."

„Zufällig mag ich deinen tollen Körper." Seine Worte waren als Reaktion auf ihre herausfordernde Bemerkung in Bezug auf ihr Äußeres gemeint. Er grinste. „Schau nicht so überrascht drein. Ich mag dich so wie du bist. Vor allem, wenn du Spaß hast und mich aufziehst. Wenn du nicht griesgrämig und sauertöpfisch bist." Er lachte.

Sie grinsten einander an. Dann stand sie auf und er

schlang einen Arm um ihre Taille und zog sie an sich. Auch sie schlang ihren Arm um seine Taille und bemerkte, dass sie gern länger so stehenbleiben würde.

Weitere Erwachsene entschieden sich, an dem Lauf teilzunehmen, als ihnen auffiel, dass sie nicht die einzigen sein würden. Todd freute sich über diesen Umstand, denn es wäre ihm merkwürdig vorgekommen, nur gegen kleine Kinder anzutreten. Die Kinder hingegen waren ganz aufgeregt vor Vorfreude. Sie machten sich einen Spaß daraus, Ginny aufzuziehen, die in der kurzen Zeit offenbar bereits Freunde gefunden hatte und die Kinder ebenfalls neckte.

„Also gut, Kinder. Ich werde euch alle besiegen – also rennt besser so schnell ihr könnt." Ginny beugte sich etwas herab und machte sich bereit – ganz so, als befände sie sich an der Startlinie eines wichtigen Laufs und erwarte jeden Moment, den Startschuss zu vernehmen. Die Kinder kicherten und lachten, ein paar Jungen von circa zehn oder elf Jahren beugten sich ebenfalls nach vorn. Zwei von ihnen, der eine blond, der andere brünett, grinsten sie an.

„Miss Ginny, ich – *wir* – werden dich schlagen. Komm schon, Bo, mach dich bereit."

„Ich bin bereit, Jack. Mach du dich bereit."

Todd lachte. Er beugte sich nach vorn und flüsterte in Ginnys Ohr. „Du hast nicht vor, die beiden zu besiegen, oder?"

Sie sah zu ihm auf. „Doch, genau das werde ich tun, wenn du mir hilfst. Wenn du das nicht tust, werden wir hinfallen."

Er grinste sie an. „Du würdest die Kleinen wirklich besiegen?"

Sie runzelte die Stirn. „Du unterschätzt diese kleinen Kerle. Ich habe sie gerade rennen sehen. Du solltest dich besser bereitmachen, Kumpel, ansonsten lassen sie uns in einer Staubwolke hinter sich zurück."

Todd legte einen Arm um ihre Taille und sie tat das Gleiche bei ihm. Als sein Vorarbeiter, der das Rennen betreute, „Auf die Plätze, fertig, los" rief, war ihm, als bräche um ihn herum ein Tumult aus. Die Kinder rannten los und er spürte, wie Ginny an seiner

Taille zerrte. Er reagierte verzögert und stolperte und dann taumelte auch sie. Es gelang ihnen, aufrecht zu bleiben, aber sie lagen bereits zurück. Verlegen nahm er das zur Kenntnis, als ihn Ginny auch schon anstupste. Nur das sie ihn nicht anstupste – sie rammte ihm ihren Ellbogen in die Taille. „Komm schon, Todd. Halte dich an den Plan."

Er lachte, ergriff dann aber die Initiative und rannte los. Im Grunde genommen packte er sie und begann zu hüpfen, zu rennen, zu hüpfen, zu rennen, während er die anderen beobachtete. Aber sie kamen nicht sehr weit. Vor ihnen fielen zwei kleine Mädchen zu Boden und anstatt über sie hinweg zu steigen, versuchte er, ihnen auszuweichen, geriet dabei aber aus dem Gleichgewicht. Er und Ginny gingen lachend und kichernd gemeinsam zu Boden. Sie landete auf ihm, ließ sich aber sofort von ihm herunterrollen. Er sah auf sie herab und wusste nicht weiter. Er sah, wie die zwei Jungen die Ziellinie passierten und sich dann umdrehten und auf und ab zu springen begannen, bevor sie zurück in ihre Richtung gelaufen kamen. Er sah in ihr lachendes Gesicht hinunter. Spürte die

Versuchung, eben jenes Gesicht zu küssen. Ihn beschlich der Gedanke, dass es so langsam aber sicher lächerlich wurde, wie häufig er daran dachte, sie zu küssen. Sie war wunderschön und lustig, aufgeweckt und eine angenehme Gesellschaft. Ihm ging auf, dass er so vieles an Ginny mochte, dass er nicht genau wusste, was er als nächstes tun würde. Also grinste er sie zunächst einmal an. „Nun, du hattest recht – wir haben verloren und da kommen sie auch schon, um sich mit ihrem Erfolg zu brüsten. Du hast es herausgefordert."

„Das habe ich, aber ich habe mir schon gedacht, dass sie gewinnen würden. So ein Dreibeinlauf ist nicht einfach. Vor allem, weil ich kleiner bin als du. Die beiden Jungs passen gut zusammen… sie haben etwa die gleiche Größe und Geschwindigkeit. Du musst dich also nicht zu sehr schämen, Todd."

Als die Kinder sie erreicht hatten, umringten sie sie. Sie sprangen auf und ab, schrien durcheinander und lachten. Die beiden Jungen lösten das Band um ihre Beine und sahen so aus, als wären sie äußerst zufrieden mit sich.

„Wir haben dir ja gesagt, dass wir dich schlagen würden." Bo stupste seinen Partner an, der wie eine Hyäne grinste.

„Ja, das haben wir und jetzt bekommen wir unseren Gewinn."

„Was ist der Gewinn?", fragte Todd, als ihm auffiel, dass er gar nicht wusste, was ihm nun entgehen würde. Er hoffte, dass es ein toller Preis war.

Er half Ginny auf. Sie setzte sich hin und grinste die Kinder an. „Er ist so groß – ihr bekommt natürlich zwei davon. Es handelt sich um Wasserpistolen. Sie tragen jetzt euren Namen. Nun, natürlich nicht wirklich, aber ihr wisst schon, was ich meine – das ist euer Gewinn."

Die Jungen schrien vor Freude und rannten zu dem Tisch, auf dem die zwei leistungsstarken Wasserpistolen auf sie warteten. Sie waren genau das, was sich zwei kleine Jungs wie diese wünschen würden. Sie nahm an, dass innerhalb von wenigen Minuten jeder durchnässt wäre, wenn es den beiden gelänge, an Wasser zu kommen.

Er starrte sie an, als alle weitergezogen waren, um

die Wasserpistolen zu begutachten. „Hast du die ausgesucht? Sie sehen aus, als könnte man mit ihnen eine Menge Spaß haben."

„Habe ich. Sie wurden neulich für mich in der Stadt abgeholt, als jemand Besorgungen gemacht hat. Ich habe mir gedacht, dass sicher ältere Kinder das Rennen gewinnen würden und angenommen, dass sich die Gewinner – egal, ob Jungen oder Mädchen – über diesen Gewinn freuen würden. Ich habe es immer geliebt, mit Wasserpistolen zu schießen. Natürlich habe ich jetzt Loretta und mit ihr macht Zielschießen noch einmal mehr Spaß. Gib mir ein paar Blechdosen und schon ist sie im Einsatz."

Er lachte. „Nun, das freut mich, denn dann denkst du hoffentlich auch daran, Loretta mitzunehmen, wenn du allein mit dem Wagen irgendwohin fährst."

„Das werde ich. Wegen dem Fest trage ich sie heute nicht bei mir, aber wenn morgen alles wieder ruhig ist, dann werde ich sie auf der Ablage unter meinem Sitz verstauen."

„Das klingt gut. Ich denke, ich habe sogar ein

Holster, das man direkt neben dem Lenkrad befestigen kann – dann kämst du noch leichter daran. Ich werde jemandem sagen, dass er es für dich dort anbringen soll, dann hast du deine Waffe dichter bei dir und musst nicht unter irgendetwas greifen, um an sie heranzukommen. Du kannst direkt danach greifen."

Er löste das Band von ihren Knöcheln.

„Nun, danke, Todd. Ich denke zwar wirklich nicht, dass ich deinem Berglöwen begegnen werde, aber trotzdem weiß ich deine Besorgnis zu schätzen."

Er starrte sie an und wollte sie immer noch küssen. Er konnte es nicht ändern. Er legte einen Arm um sie und zog sie an seine Seite. Sie sah mit großen Augen zu ihm auf und er fragte sich, ob sie wohl auch daran dachte, ihn zu küssen. „Ginny, ich meine es ernst. Ich möchte nicht, dass dir etwas passiert und ich möchte auch nicht, dass du ein Risiko eingehst, okay?"

Sie legte ihre Hand an die Stelle seines Herzens. „Ich werde vorsichtig sein. Ich mag dich auch sehr. Also pass auch du auf dich auf, okay?"

Er lächelte und – unfähig, etwas anderes zu tun –

beugte er sich zu ihr und drückte ihr einen raschen Kuss auf die Lippen.

Ginny ging zum Marmeladenbereich, nachdem Todd sich auf den Weg zurück zum Weinstampfen gemacht hatte, wo er helfen würde. Allie beobachtete sie mit selbstgefälligem Gesichtsausdruck. Noch bevor sie etwas gesagt hatte, wusste Ginny, was Allie gesehen hatte.

„Das war süß." Allie klang wie die Grinsekatze aus Alice im Wunderland.

Ginny kam sich für einen Moment wie Alice vor, die durch das Kaninchenloch gefallen war und sich plötzlich in einer Welt wiederfand, die ganz anders war als die, an die sie gewohnt war.

„Ja, was das angeht… könnte ich in Schwierigkeiten stecken."

„Ich finde es wunderbar. Ich freue mich, dass du der Sache eine Chance gibst und sie erkundest."

„Es fühlt sich so an, als hätte ich kaum eine andere Wahl. Wenn er mich an sich zieht und mich so anschaut, dann ist es, als würde etwas in meinem Inneren einfach kapitulieren. Was für ein seltsames Gefühl. Ich meine, ganz im Ernst, Allie, ich bin so ziemlich der letzte Mensch, dem so etwas passieren sollte: ich bin unabhängig, selbstständig und zu willensstark, um auch nur einzuräumen, dass es jemanden geben könnte, der es für längere Zeit mit mir aushält. Und doch ist es so, wie ich gesagt habe, wenn er mich in letzter Zeit ansieht, dann kämpfe ich nicht einmal – ich sage einfach nur Ja. Und das macht mir Angst."

Allie schaute die ältere Frau am Ende des Tisches an. „Clara, ich brauche mal eine Pause. Denkt ihr, dass ihr zwei hier alles im Griff habt, jetzt, wo das Rennen vorbei ist?"

Clara grinste sie an und Ethel tat es ihr gleich. „Oh ja, wir kommen schon klar. Geht ihr beide mal reden. Und denk nicht, dass wir nicht gesehen haben, dass unser Bursche dir dort drüben einen raschen Kuss auf die Lippen gedrückt hat. Das hat uns gefallen, nicht wahr, Ethel?"

Ethel strahlte. „Ja, das hat es. Der Junge arbeitet

viel zu hart und dann kehrt er immer in dieses leere Haus zurück. Ihr beiden habt von Anfang an etwas steif in der Gesellschaft des anderen gewirkt, so wie neulich, als ihr vorbeigekommen seid, um die Marmeladenherstellung zu begutachten. Wir haben uns deswegen Sorgen gemacht. Ihr habt so gar nicht wie ein frischvermähltes Paar gewirkt. Und, um ehrlich zu sein, wir haben da ein Gerücht gehört, dass ihr beiden womöglich eine Scheinehe führt. Dass es etwas im Testament seines Großvaters gab, dass ihn veranlasst hat, zu heiraten. Deswegen haben wir uns gesorgt. Aber ich habe es noch nie erlebt, dass Todd McCoy jemanden so sanft und voller Sehnsucht angesehen hat. Also ja, geht ruhig und du, bleib in der Nähe dieses Mannes, denn wir mögen, was wir sehen."

Ginny starrte die beiden Damen an, erstaunt über das, was sie gesagt hatten. Aber sie war froh, dass sie das Ganze guthießen. Und doch fragte sie sich, wie in aller Welt sie von dem Gerücht erfahren hatten.

Allie stand auf und grinste sie an. „Siehst du? Die beiden erkennen etwas Gutes, wenn sie es sehen. Ich finde, ihr zwei seid zusammen ganz hinreißend. Und es freut mich sehr, dass du meine Schwägerin bist.“

Die beiden Damen grinsten und zwinkerten ihnen zu und dann winkten sie ihnen nach, als sie nach draußen gingen. Ginny war erleichtert, sich von ihnen entfernen zu können. Die Dinge geschahen zu schnell, sie befand sich deutlich außerhalb ihrer Komfortzone. Und sie mochte es nicht, wenn sie sich außerhalb ihrer Komfortzone befand. Sie war es gewohnt, stets die Kontrolle zu behalten. Sie war daran gewöhnt, dass sie diejenige war, die bestimmte, wo es langging. Es kam ihr so vor, als würde etwas an ihr ziehen und sie mit sich reißen. Aber es war auch nicht so, als ob sie das Karussell verlassen wollte. Und das war das seltsame daran – denn sie mochte die Dinge, die geschahen.

KAPITEL ZWANZIG

Morgan traf ein, während das Stampfen der Weintrauben in vollem Gange war. Ginny begegnete Todds Bruder zum ersten Mal, als sie und Allie sich zu Wade, Morgan und Todd gesellten. Er sah unglaublich gut aus. Er war ein paar Jahre älter als seine Brüder, ähnelte ihnen aber vom Aussehen her sehr. Seine ganze Erscheinung deutete auf eine gewisse Kultiviertheit hin und sie konnte ihn sich gut in seinem Job vorstellen, in dem er um die Welt reiste und sich mit verschiedenen Hotelketten und den Angelegenheiten seines eigenen Unternehmens befasste. Aber sie konnte ihn sich auch auf einem Pferd vorstellen. Es war bemerkenswert, welch starken Einfluss die Kleidung auf das Aussehen eines Mannes hatte. Er war gerade erst aus dem Flugzeug gestiegen und trug immer noch Anzughosen, teuer aussehende italienische Schuhe und ein feines Hemd. Sie nahm an, dass er irgendwo in unmittelbarer Nähe auch noch eine Anzugjacke oder einen Sportmantel herumliegen hatte. Er sah entspannt, elegant und einfach hinreißend aus. Und war überhaupt nicht ihr Typ. Aber sie nahm an, dass dieser Mann aussehen würde, als gehörte er hierher, wenn er sein Outfit nur gegen Jeans und Stiefel tauschen und sich einen Cowboyhut auf den Kopf setzen würde.

Ginny betrachtete die drei beisammenstehenden Männer, sie waren schon drei beeindruckende Kerle. Groß, dunkelhaarig und gutaussehend, mit ausgeprägten Kiefern. Todds Haare waren gelockt, die seiner Brüder nicht. Und obwohl Wade und Morgan auch unglaublich gutaussehende Männer waren, so tat sich doch bei ihr nichts in der Schmetterlingsabteilung, als sie sie betrachtete. Doch wenn sie Todd McCoy auch nur kurz ansah, begann ihr Herz zu pochen, Schmetterlinge wirbelten durch sie hindurch und ihre Knie wurden weich wie Butter. Zum Glück passierte das nicht alles auf einmal und machte sie zu einem absoluten Schwächling, der sich hinsetzen musste. Aber meine Güte, dieser Mann hatte eine unglaubliche Wirkung auf sie. Und wenn er so lächelte, wie in diesem Moment – oh Herr, dann war es um sie geschehen.

„Morgan, das ist Ginny. Ich bin froh, dass du hierhergekommen bist und sie nun kennenlernen kannst. Sie ist der Hauptgrund dafür, dass das Fest dermaßen erfolgreich ist. Ich habe mich in einer misslichen Lage befunden, nachdem mich sowohl mein Chef-Vorabeiter als auch mein Winzermeister verlassen hatten. Sie hat diese Lücke ausgefüllt und sie hat es wirklich gut gemacht.“

Morgan streckte die Hand aus und lächelte sie an. Dennoch lag ein nachdenklicher Ausdruck in seinen Augen, als sie ihre Hand in seine legte. „Es freut mich, dich kennenzulernen, Ginny. Wir sind alle sehr glücklich darüber, dass du und Todd eine Einigung erzielen konntet, die es euch beiden gleichermaßen erlaubte, von dieser ganzen verrückten Situation zu profitieren, die unser Großvater mit seinem Testament angerichtet hat." Er hatte ihre Hand losgelassen und sie hatte beide Hände an die Hüften gelegt und nickte nun.

„Das bin ich auch. Ich hätte mich ziemlich abmühen müssen, wenn Allie und Wade nicht erkannt hätten, dass ich hierherkommen könnte und sowohl Todd als auch ich selbst Vorteile von einer solchen Abmachung hätten."

Todd legte ihr einen Arm um die Schultern und schien sich wohl dabei zu fühlen. Ihr selbst machte es nicht das Geringste aus. Und doch war da wieder dieses beunruhigende Gefühl, dass sie zwar immer vertrauter miteinander wurden, dass das alles aber in drei Wochen vorüber wäre. So wie es sein sollte. Denn im Moment lebte sie in einer Art Märchenwelt. Und Märchen waren nicht so recht ihr Ding.

„Ja, Allie und ich waren sehr erfreut darüber, euch beide in dieser Sache zusammenbringen zu können." Wade lächelte.

Sie mochte Wade wirklich sehr. Allie hatte einen guten Kerl abbekommen. Und Ginny hatte es ihm zu Beginn so schwer gemacht, als er ihrer besten Freundin seinen verrückten Plan vorgeschlagen hatte.

„Ich muss sagen, euer Großvater scheint wirklich ein Unikat gewesen zu sein. Er hatte diesen verrückten Einfall, der aber sowohl Allie als auch mir aus der Patsche geholfen hat. Ich freue mich schon darauf, zu meinem eigenen Weingut zurückzukehren und wieder meinen eigenen Boden zu bestellen. Aber wie ich auch schon zu Todd gesagt habe, ich liebe euer Weingut. Ihr könnt sehr stolz darauf sein. Morgen werde ich viel Zeit mit dem Mischen von Weinen verbringen, etwas, das ich kaum erwarten kann. Ich hoffe, dass Todd und ich uns einig werden können und er mir dieses oder nächstes Jahr einen Teil seiner Trauben zur Verfügung stellen kann. Ich würde sie gern mit meinen eigenen mischen. Wie auch immer, ich freue mich auf das Mischen der Weine, das tue ich unglaublich gern."

„Ich finde, das klingt großartig. Das machen wir morgen gleich als Erstes." Todd sah sie an und grinste. In letzter Zeit grinste Todd häufig. Sie meinte sich zu erinnern, dass er nicht so häufig gegrinst hatte, als sie sich kennengelernt hatten. Sie mochte den Gedanken, dass es ihr womöglich gelungen war, ihm dabei zu helfen, etwas entspannter zu werden.

Morgan ließ sich ihre Worte durch den Kopf gehen, das Gesicht nachdenklich verzogen. „Todd hat mir von deinem Weingut erzählt und es klang so, als würdest du dort einen wirklich guten Job machen. Er sagt, dein Wein ist einfach wunderbar. Wie du weißt, servieren wir unseren Wein in unseren Hotels. Wir haben den Vorteil, ihn in unseren exklusiveren Hotels anbieten zu können, in denen ein Publikum verkehrt, das sich mit Wein auskennt und die McCoy Stonewall-Weine zu schätzen weiß. Wie sieht es mit deinen Beständen aus? Wir könnten deinen Wein vielleicht in ein paar Hotels ausprobieren – wir könnten einen Vertrag aufsetzen, wenn du Wein zur Verfügung stellen kannst.“

Ginny starrte Morgan an und ihr Herzschlag setzte für einen Moment aus. Jetzt hatte sie wirklich das Gefühl, sich hinsetzen zu müssen. In der ganzen Zeit, die sie nun schon hier verbracht hatte, war ihr nicht ein einziges Mal in den Sinn gekommen, über welche Macht die McCoy Stonewall Unternehmen und die Hotelkette verfügten. Sie schluckte den Kloß in ihrer Kehle hinunter und blinzelte heftig. Sie musste sich zusammenreißen, schließlich war sie kein emotionales Nervenbündel. Aber dieser Moment hatte das Potenzial, alles zu verändern. Dies könnte der größte Durchbruch sein, den sie jemals erzielt hatte.

„Ich habe einige Kisten auf Lager. Einige sehr gute Jahrgänge. Wir verkaufen nicht immer alles, aber ich kann dir versprechen, dass sie alle wirklich gut sind. Für ein Weingut unserer Größe mit nur wenig zur Verfügung stehenden Anbauflächen haben wir es geschafft, eine stattliche Menge Wein zu produzieren. Ich weiß nicht genau, von wie vielen Kisten du sprichst, aber ich täte nichts lieber – und das sage ich ganz ohne emotionale Übertreibung oder Aufregung – ich täte nichts lieber, als mit dir ganz ernsthaft darüber zu sprechen, ob du meine Rossi Rose of Tyler Weine in dein Sortiment aufnehmen willst." Sie streckte ihm ihre Hand entgegen.

Morgan grinste und ergriff sie sofort. „Ich denke, diese Vereinbarung könnte für uns beide von Vorteil sein. Und wir sind dir sehr dankbar, dass du uns dabei geholfen hast, unser Weingut zu retten. Das ist einer der Gründe dafür, warum ich heute hierhergekommen bin. Todd und ich haben vor ein paar Tagen über all das gesprochen. Ich habe ein paar Rechnungen angestellt und deinen Wein, den er mir geschickt hat, mit ein paar Leuten verkostet, die einen ausgezeichneten Geschmack haben und ich denke, dass wir helfen könnten, das Rossi Rose of Tyler Weingut auf eine ganz neue Ebene zu heben."

Sie sah Todd an. „Du wusstest also davon und hast mir nichts gesagt?"

„Stimmt. Ich habe gedacht, dass es mehr Gewicht hätte, wenn du es von Morgan erfahren würdest. Mein Bruder hat erstaunliche Dinge mit unserer Hotelkette erreicht. Er hat sie auf ein Niveau gebracht, von dem wir nie geträumt hätten. Morgan hat Zielgruppen erschlossen, an die mein Großvater nicht einmal gedacht hatte. Inzwischen haben wir Hotels für die unterschiedlichsten Ansprüche – Familienhotels, Businesshotels und exklusive Resorts – in letzteren werden wir deinen Wein servieren. Und wenn du in Bezug auf das Mischen der Weine so gut bist wie du sagst und es schaffst, etwas ganz Neues aus unseren Trauben zu kreieren, dann geben wir gern einen Teil unserer Trauben in deine Hände, sodass du mehr Wein produzieren könntest. Wir wären auf der Stelle dabei."

Ginny war mehr als überwältigt von diesem Angebot. Man musste ihr das deutlich angesehen haben, denn Allie streckte eine Hand aus, legte sie ihr auf den Arm und drückte ihn fest.

„Ginny, denk jetzt bitte nicht, dass dieses Angebot etwas anderem geschuldet wäre als deiner harten Arbeit. Sie würden dir das nicht anbieten, wenn du nicht wirklich gut in dem wärst, was du tust. Und ich bin einfach nur begeistert. Ich freue mich so sehr für dich."

Ginny nickte ihrer Freundin zu und versuchte zu lächeln, aber sie war so überwältigt, dass es sogar schwer war, das zu tun, ohne dabei wie eine Idiotin zu grinsen. Sie schaute von Todd zu Wade, der lächelte, dann zu Morgan, der sich ruhig verhielt, aber ernst dreinschaute. Bei diesem Mann drehte sich alles ums Geschäft. Sie hatte ihn bereits in ihr Herz geschlossen.

Sie ging zu ihm hinüber, schlang ihre Arme um seinen Hals und umarmte ihn fest. „Morgan McCoy, ich muss dich einfach umarmen und ich muss an dieser

Stelle anmerken, dass ich das sonst nicht gerade häufig tue." Sie lachte und trat einen Schritt zurück. Ein Lächeln breitete sich auf ihrem ganzen Gesicht aus und dann wirbelte sie herum und warf sich in Todds wartende Arme. „Danke, Todd, danke, dass du an mich geglaubt hast." Sie lehnte sich zurück und sah ihn an. Er grinste. „Am Anfang, da hast du mich einfach nicht ernst genommen und ich muss sagen, das hat mich ziemlich wütend gemacht. Aber wirklich, dass hättest du nicht tun müssen. Aber ich werde es auch nicht ablehnen, denn es ist genau das, wovon ich schon immer geträumt habe."

Er hielt sie fest und sah ihr tief in die Augen. „Als wir uns das erste Mal trafen, war ich ein Idiot. Ich war verschlossen und habe dir nicht zugehört. Aber jetzt höre ich dir zu und wie Morgan sagte, wird es für uns beide von Vorteil sein."

Sie drehte sich um, seine Arme hielten sie noch immer umschlungen, und lächelte alle an. „Ich denke, das sollten wir feiern, wenn wir irgendwo Champagner auftreiben können. Ich trinke nicht sehr häufig, aber ich finde, dass könnten wir mit einem Glas

Champagner feiern."

Wade grinste. Todd auch, und Morgan verschränkte die Arme vor der Brust und lachte. „Ich würde sagen, das sollte möglich sein. Und ich stimme dir zu, wir sollten das feiern. Ich bin immer noch nicht gerade glücklich über Großvaters Testament, aber ich freue mich sehr, dass Wade und Todd Menschen gefunden haben, die ihnen halfen. Ich bin immer noch überrascht, dass Wade und Allie sich dabei ineinander verliebt haben – was sage ich, fassungslos trifft es wohl eher. Es war einfach zu unwahrscheinlich, aber ich freue mich, dass es so gekommen ist und ich weiß, dass Großvater sich darüber freuen würde. Und ihr zwei seht auch sehr vertraut miteinander aus. Ich weiß, dass ihr eine geschäftliche Abmachung habt und werde nichts anderes annehmen, als dass ihr gut zusammenarbeitet. Also auch wenn ihr am Ende der drei Monate getrennte Wege geht, war dies eine gute Erfahrung für Todd, unser Weingut und deines auch. Ich denke, wenn wir dieses Glas Champagner tatsächlich trinken, dann sollten wir auch auf Großvater anstoßen. So verrückt seine Idee auch gewesen sein mag, bisher war sie von Erfolg gekrönt.“

Er sah Wade und Allie an. „Und diese beiden hier könnten ihm sogar ein paar Urenkel schenken. Ich weiß, dass er darüber oben im Himmel lächelt. Ich muss zugeben, es wäre wirklich cool, wenn Kinder auf diesen Feldern herumlaufen würden, so wie wir seinerzeit.“

Ginny wusste nicht recht, was sie auf das erwidern sollte, was Todds Bruder gerade gesagt hatte. Sie hatte keine Ahnung, wohin all das führen würde. Im Moment wollte sie nichts dazu sagen, da sie sich selbst noch unsicher war. Aber was Morgan gesagt hatte, stimmte. Das alles war eine erstaunliche Erfahrung gewesen und egal, was es am Ende für sie persönlich bedeuten würde, so hatte es sich doch auf jeden Fall gelohnt. Auch ohne das Angebot, das sie soeben erhalten hatte. Schon die Tatsache, dass sie ihr Weingut unter ihrem eigenen Namen würde fortführen können und dass sie in der Lage sein würde, ihren Eltern einen sorgenfreien Ruhestand zu ermöglichen, wäre wie ein Hauptgewinn gewesen. Dieser neue Deal bedeutete nur noch bessere Aussichten für die Zukunft.

Wenn sie diesen Vertrag mit Todds Weingut schließen könnte, dann würde dies entscheidend dazu beitragen, die Sorge um künftige Ernten abzumildern. Eine solche Vereinbarung hatten sie noch nie gehabt. Die Erträge ihres Weinguts bauten auf kleinen Bestellmengen auf, nicht auf Verträgen mit Großkunden. Es war wundervoll. Sie lächelte Todd an, der sie immer noch festhielt. Und dann küsste sie ihn auf die Wange. „Danke." Dann trat sie zurück und brachte etwas Abstand zwischen sie beide. „So, und jetzt machen wir uns entweder auf die Suche nach diesem Champagner oder wir rollen unsere Hosenbeine hoch und zerstampfen ein paar Trauben."

Am nächsten Tag traf Todd Ginny bei den rückwärtigen Scheunen, von wo aus sie zum Mischraum gehen würden. Er hatte die ganze Nacht über an sie gedacht. Wem wollte er eigentlich etwas vormachen – dieser Tage dachte er den ganzen Tag über an sie. Er und Morgan hatten sich bis spät in die Nacht unterhalten, nachdem Wade und Allie auf die

Ranch zurückgekehrt waren. Morgan hatte ihn gefragt, ob er dabei war, sich in Ginny zu verlieben. Er hatte seinem Bruder geantwortet, dass das möglich war, es aber kompliziert sei. Alles an Ginny war kompliziert. Nur weil er sich in sie verliebte, hieß das nicht, dass sie bleiben würde. Nicht, wenn ihr Herz an Tyler, Texas und ihrem Rossi Rose of Tyler Weingut hing.

Morgan hatte ihm eine Hand auf die Schulter gelegt und fest zugedrückt, bevor er sich verabschiedet hatte. Dann hatte er noch hinzugefügt, dass sie seinen Segen hätten und dass sie, so wie er das sah, wirklich perfekt zueinander passten und er sich für Todd freue. Nachdem Morgan gegangen war, hatte Todd auf der Veranda gesessen und über alles nachgedacht, was geschehen war. Dann hatte er an die Zukunft gedacht und überlegt, wie ein gemeinsames Leben mit Ginny wohl wäre. Seine Antwort war einfach: Es würde wild zugehen. Es würde glückliche Zeiten geben und es würde hitzige Zeiten geben. Es würde Meinungsverschiedenheiten geben und anschließend würden sie sich wieder versöhnen. Bei diesem Gedanken musste er grinsen. Einer Sache war er sich in Bezug auf Ginny Rossi McCoy sicher – mir ihr würde es niemals langweilig werden, und das gefiel ihm. Sie verkörperte all das, von dem er nicht gewusst hatte, dass er es brauchte oder wollte. Und doch, da war sie nun und er musste nur noch herausfinden, wie er sie dazu bringen konnte, zu bleiben.

Er lächelte, als er sah, wie sie mit dem Geländewagen vorfuhr und die pinkfarbene Schrotflinte entdeckte, die in dem Holster steckte, das er neben dem Lenkrad befestigt hatte. Er stellte sich vor, wie sie jeden Tag auf diese Weise durch die Weinberge fahren würde, die Königin seines Weinguts. Aber sie war die Königin des Rossi Rose of Tyler Weinguts und dieses lag eine gut fünf- bis sechsstündige Fahrt – oder etwas weniger als eine Flugstunde – von ihnen entfernt und er wollte sein eigenes Gut nicht verlassen und in Tyler leben. Während er sie beobachtete, beschlich ihn das Gefühl, dass auch sie, egal wie sehr sie sein Weingut zu schätzen schien, ihr eigenes nicht würde aufgeben wollen um hier mit ihm zu leben. Er befand sich in einer Zwickmühle.

„Guten Morgen, Sonnenschein", sagte er zur Begrüßung, als sie aus dem Geländewagen sprang und zu ihm herübergelaufen kam. Er streckte ihr die Arme entgegen und zog sie an sich, als sie ihn erreichte. Das fühlte sich so langsam schon ganz normal an. Er küsste sie sanft auf die Lippen, was sie ohne Widerworte akzeptierte. Ihre Augen suchten seine und funkelten vor Aufregung.

„Dir auch einen guten Morgen, Cowboy. Lass uns hineingehen. Heute haben wir Spaß, Spaß, Spaß."

Er lachte aus vollem Hals. Und dann betraten sie Arm in Arm die Scheune und gingen in Richtung des Mischraums.

Als sie den Mischraum wieder verließen, war es schon spät. Sie hatte eine Menge Spaß gehabt und Todd war es nicht anders ergangen. Sie hatte eine Vielzahl verschiedener Rebsorten verblendet und diese dann mit Wein, der in verschiedenen Eichenfässern gelagert worden war und dementsprechend andere Geschmacksnuancen aufwies, verfeinert. Staunend hatte sie zur Kenntnis genommen, aus welcher Vielzahl verschiedener Ausgangssubstanzen sie wählen konnte, da die Eichenfässer aus verschiedenen Orten in Italien stammten. Es kam ihr so vor, als gäbe es hier alle Arten von Weinfässern, die man sich nur vorstellen konnte. Die verschiedenen Fässer sorgten dafür, dass der Wein darin einen unterschiedlichen Geschmack, eine andere Tiefe erlangte.

So viel Vergnügen hatte ihr die Arbeit mit Wein noch nie bereitet. Und dabei zählte sie die Stunden, die sie auf ihrem Weingut verbracht hatte – insbesondere seit Kyles Tod – zu den glücklichsten ihres Lebens. Als sie sich auf den Sitz des Geländefahrzeugs setzte, seufzte sie und sah zu, wie die Sonne in der Ferne unterging. Sie wusste, dass sie auf dem besten Weg waren, um etwas Großartiges zu schaffen.

Todd würde ihr da sicher zustimmen, dachte sie. Er schien aufrichtig begeistert gewesen zu sein und hatte mit Freude die Kreationen probiert, die sie sich ausgedacht hatte. Sie würden ein paar neue Mischungen fürs nächste Jahr erstellen. Es war aufregend.

Er starrte sie an. „Ginny, ich würde dir gern den Job der Winzermeisterin anbieten. Ich glaube nicht, dass ich jemals einen solchen Enthusiasmus im Mischraum erlebt habe. Es war aufregend, das mit anzusehen. Ich kann es kaum erwarten, bis einige der Mischungen gereift sind."

Ihr Herz donnerte, während sie ihn ansah. Sie hatte nicht erwartet, dass er ihr anbieten würde, Winzermeisterin dieses Weingutes zu werden. „Ist das dein Ernst?"

„Ich meine es todernst. Ich weiß, dass du nach Tyler zurückgehen wirst – ich weiß, dass dein Herz für diesen Ort schlägt – aber wenn irgendetwas geschehen sollte und deine Eltern den Deal mit dir platzen lassen würden, nun Schatz, dann hättest du hier einen Job."

Sie starrte ihn an und musste plötzlich gegen die Tränen ankämpfen. Er bot ihr einen *Job* an. Er bat sie nicht darum, als seine Frau bei ihm zu bleiben, sondern als seine Winzermeisterin. Diese Erkenntnis schmerzte sie zutiefst. Sie bemühte sich krampfhaft um Fassung. *Das war albern – warum dachte sie etwas Derartiges?* „Danke, Todd. Ich würde es in Betracht ziehen – das ist großartig, wirklich. Aber ich werde nach Tyler zurückkehren. Meine Eltern werden das Geld annehmen – ich werde morgen mit ihnen darüber sprechen. Ich werde sie auszahlen, so wie wir es zuvor besprochen haben. Dieses Geld wird ihnen einen äußerst komfortablen Ruhestand ermöglichen. Und ich werde das Weingut unter meinem Namen weiterführen. Mit den Erträgen aus dem Vertrag, den ich mit euren Hotels abschließen werde, werde ich ihnen sogar eine jährliche Dividende zahlen können, sodass es sich für sie noch mehr lohnt. Wir sind uns also offenbar alle im Klaren darüber, dass es einen Plan für die Zeit nach den drei Monaten gibt. Wie auch immer, ich bin müde. Ich fahre zurück zum Haus und komme morgen früh wieder. Ich schätze, ich sehe dich im Haus?"

Ein seltsamer Ausdruck hatte sich auf sein Gesicht geschlichen, aber sie versuchte, nicht über dessen Bedeutung nachzudenken. Er sah beinahe… traurig aus? Verblüfft? Sie wusste nicht genau, warum. Er war doch derjenige, der ihr die Stelle des Winzermeisters angeboten hatte. Er war derjenige gewesen, der das

Gespräch auf die Zeit nach dem Ablauf der drei Monate gelenkt hatte und auf die Tatsache, dass diese nicht damit zu Ende gehen würden, dass sie seine Frau blieb.

„Ja, ich werde auch bald aufbrechen. Ich muss noch alles für die Nacht abschließen. Ich fahre dir dann im Truck nach. Schlaf gut. Ich weiß, dass wir hier Mittag gegessen haben und den ganzen Tag Käse und Kräcker genascht haben, aber falls du noch Hunger haben solltest, wirst du im Kühlschrank sicher fündig.“

„Ja, das denke ich auch. Bis dann.“ Sie ließ den Geländewagen an, legte den Gang ein und er trat beiseite. Sie trat aufs Gaspedal und das Fahrzeug schoss vorwärts. Sie wendete in einem weiten Bogen und fuhr dann durch die Weinberge zurück zum Haus. Während sie fuhr, bemerkte sie gar nicht, dass ihr Tränen über die Wangen liefen. Der Wind kühlte sie ab und sie wischte sie mit dem Handrücken weg. Hinter ihr ging die Sonne unter. Die Dämmerung brach herein und Schatten legten sich über den Schotterweg, der zwischen den Reihen der Reben hindurchführte. Sie fuhr schneller, als es auf dem Schotter angebracht war. Als sie sich umdrehte, bemerkte sie, dass Todd ihr noch nicht gefolgt war.

Da sie nicht mit tränenverschmiertem Gesicht das Haus betreten wollte – für den Fall, das Mavis noch da war, sollte diese nicht wissen, dass sie geweint hatte – lenkte Ginny ihren Wagen an die Seite der Straße in den Schatten und ließ ihren Tränen freien Lauf. Wade und Allie hatten sich ein gemeinsames Leben aufgebaut. Sie waren glücklich. Sie würden Kinder bekommen. Sie würden eine gemeinsame Zukunft haben. Sie hatten es geschafft – ja, entgegen aller Wahrscheinlichkeit hatten sie es geschafft. Sie selbst hatte nicht über die Vereinbarung hinausgedacht. An nichts, was darüber hinausging, hatte sie gedacht.

Bis jetzt war ihr nicht klargewesen, wie sehr sie das wollte. Wie weh es ihr tun würde, Lebewohl zu sagen. Sie redete sich selbst ein, dass es ohnehin nicht funktionieren würde: schließlich gehörte ihr Herz ihrem Weingut in Tyler. Wie sollten sie das anstellen, wenn sie in Tyler leben wollte und er hier? Auch der Jet, der sie in kürzester Zeit von einem Ort zum anderen bringen konnte, machte das nicht einfacher. Aber warum dachte sie überhaupt an einen Kompromiss wie diesen? Sie könnte hier leben und wann immer möglich nach Tyler fliegen – vielleicht einmal die Woche oder zweimal im Monat oder auch jeweils eine Woche pro Monat. Die Möglichkeiten waren da, man musste sie nur in Betracht ziehen. Sie besaßen schließlich ein Flugzeug, um Himmels willen. Nun ja, sie besaß kein Flugzeug. Todd besaß eines.

Sie verfügten über die Mittel, er machte nie einen großen Hehl daraus – daher vergaß man leicht, dass Todd McCoy und seine Brüder Milliardäre waren. Sie waren so bodenständig, dass man sich das nur schwer vorstellen konnte. Aber als Milliardäre hatten sie Zugang zu Dingen, an die sie bis zu diesem Zeitpunkt nie gedacht hatte. Das logistische Problem, dass sich ihr geliebtes Weingut in Tyler befand und seines hier, könnte also wahrscheinlich gelöst werden. Nur dass er eben genau das nicht angeboten hatte.

Sie schniefte, wischte sich über die Augen und holte tief Luft. Mit einem Mal beschlich sie das merkwürdige Gefühl, dass sie beobachtet wurde. Im schwindenden Licht des voranschreitenden Abends schaute sie sich um, sie musterte die Rebreihen zu ihrer Linken, dann die zu ihrer Rechten. Sie erstarrte. Dort saß ein Berglöwe, ungefähr dreißig Meter von ihr entfernt. Seine Augen fingen das schwache Licht ein und sie konnte undeutlich erkennen, dass sein Schwanz hin und her zuckte. Ihr Herz raste, als sie langsam nach Loretta griff.

KAPITEL EINUNDZWANZIG

Todd ging nicht zurück in die Scheune. Er ging nirgendwo hin, außer zu seinem Truck, wo er beide Ellbogen auf die Kante der Ladefläche stützte und über die Weinberge blickte und beobachtete, wie die Rücklichter von Ginnys Geländewagen über die Hügel glitten und dann in der Dunkelheit der Nacht verschwanden. Immer wieder musste er an ihren Gesichtsausdruck denken, als er ihr die Stelle des Winzermeisters angeboten hatte. Er hatte Enttäuschung in ihren Augen gesehen, doch dann hatte sie klargestellt, dass ihre Eltern den Deal annehmen würden und sie nach Tyler zurückkehren würde. Es hatte seine gesamte Willenskraft erfordert, um sie nicht zu bitten, bei ihm zu bleiben. Er hatte es gewollt, hatte sie aber nicht in ihrer Entscheidung beeinflussen wollen, hatte nicht gewollt, dass sie dachte, sie – wem wollte er eigentlich etwas vormachen? Er wollte nicht, dass sie Nein sagte. Er wollte es nicht riskieren, sie zu bitten, zu bleiben, seine Frau zu sein, auf seinem Grundstück zu leben, Kinder mit ihm zu haben und sich hier eine Zukunft aufzubauen. Er wollte sie nicht bitten, ihren Traum auf Eis zu legen und mit ihm einen neuen Traum zu erschaffen. Er wollte es nicht riskieren, eine Ablehnung zu erhalten.

Er war ein Dummkopf. Ihm blieb noch Zeit. Aber sie hatte Pläne und all diese Pläne – von den Küssen und Umarmungen und der Freundschaft, die sie verband, einmal abgesehen – drehten sich um Tyler. Ihre gemeinsamen Pläne waren geschäftlicher Natur. Ja, geschäftlich mit gewissen Vorzügen, einigen großartigen Küssen – aber das war auch schon alles. Und er war ein Feigling. Er fuhr sich mit der Hand durch die Haare. Er liebte sie. Das tat er, aber er würde sie nicht darum bitten, zu bleiben. Obwohl sie auf jeden Fall die Möglichkeiten hatten, die logistischen Probleme zu bewältigen, die es mit sich bringen würde, zwischen einem Ort an dem anderen zu pendeln.

Aber ihre gesamte Vergangenheit und all ihre Zukunftspläne drehten sich um ihr Weingut und sein eigenes Anwesen war zu groß, er musste ständig hier sein. Doch dann fiel ihm etwas ein – er könnte in Tyler leben. Er könnte in Tyler leben und jeden Tag hierher fliegen, wenn er müsste. Verdammt, andere Leute taten das auch – andere Leute flogen auch ständig mit Flugzeugen hin und her und pendelten zur Arbeit. Warum konnte er das nicht tun? Er hatte nie seine gesamte Zeit in einem Flugzeug verbringen wollen, so wie Morgan das praktisch tat, aber für Ginny würde er es tun. Er richtete sich auf und griff nach der Tür des Trucks. Er musste zu ihr.

Gerade als er die Tür aufriss, hörte er, wie Loretta zweimal abgefeuert wurde. Er warf sich hinter das Steuer des Trucks, ließ den Motor an, wendete und raste die Schotterstraße hinunter. *Sie hatte ihre Waffe nicht ohne Grund abgefeuert.* Der Berglöwe musste zurückgekommen sein. *Der Berglöwe war hier.* Jetzt war das eingetreten, von dem sie gedacht hatten, dass es nicht geschehen würde. Sein Bauch sagte ihm, dass es so war, aber er betete darum, dass er falsch liegen möge, als er die Gegend vor sich mit den Augen absuchte. Er fuhr so schnell er konnte, traf auf eine Bodenwelle und der Truck schleuderte für einen Moment durch die Luft, bevor er hart wieder aufsetzte und alles im Wagen erschüttert wurde. Er richtete das Fahrzeug wieder aus, bemühte sich darum, es auf der Straße zu halten und lenkte es über den nächsten Hügel.

Er entdeckte ihr Fahrzeug. Die Lichter angeschaltet, stand es vor einer Reihe von Weinreben. Er griff nach seinem Gewehr, dass er seit Kurzem am Gewehrhaken an der hinteren Scheibe mit sich führte. Er parkte den Truck, öffnete die Tür und schob eine Patrone in die Kammer, als er ausstieg.

„Ginny", rief er. Er hörte nichts, als er zu ihrem Fahrzeug rannte. „Ginny, antworte mir." Nichts. Er sah nach links und rechts. Er betrat die Reihe, die vor ihm lag, blickte die Reben entlang und lauschte auf Geräusche. Er ging zurück zu ihrem Wagen. Er bückte sich und sah nach unten. Er sah die Abdrücke. Sie wiesen nach links. Er sah einen Pfotenabdruck und dann einen weiteren. Er schrie: „Ginny, verdammt noch mal, antworte mir!"

Er rannte vorwärts und versuchte, ihren Fußspuren zu folgen. Aber es war zu dunkel und er verlor sie aus den Augen. Dann hörte er sie.

„Ich bin hier, Todd."

Er wirbelte herum und sah sie, Loretta hing mit dem Lauf nach unten an ihrer Seite.

„Er ist weg."

Er rannte zu ihr und zog sie in seine Arme. „Geht es dir gut?" Sie vergrub ihr Gesicht an seiner Schulter und nickte. Er spürte, dass sie zitterte. Seine Ginny, die so stark und mutig war, bebte. Er richtete seine Waffe zu Boden und umarmte sie so fest, wie ihm das mit einem Arm möglich war. Ihm war bewusst, dass auch Loretta auf den Boden gerichtet war und außerdem keine Munition mehr in der Waffe sein konnte, darum musste er sich also keine Sorgen machen. Sie hatte zweimal geschossen, die Waffe war also nutzlos, wenn es ihr nicht gelungen war, sie nachzuladen. „Du erschießt mich doch nicht mit dem Ding, oder?"

Sie lachte leise gegen seine Schulter. „Nein. So wie es aussieht, treffe ich auch nicht besonders gut, wenn ich Angst habe. Die Katze ist entkommen."

„Mir ist egal, was sie getan hat, solange sie dich nicht verletzt hat."

„Du solltest wahrscheinlich jemanden warnen."

„Das werde ich. Bleib einfach ganz ruhig stehen – und lass mich dich festhalten, während ich telefoniere." Er zog das Telefon aus der Tasche, drückte eine der Kurzwahltasten und rief Wade an. „Wir haben die Katze erneut gesichtet. Sie hat versucht, Ginny anzugreifen. Sie ist bei mir – es geht ihr gut. Sie ist aufgewühlt. Kannst du die notwendigen Anrufe tätigen, damit jemand hier herauskommt? Jemand muss die Leute warnen. Wir befinden uns zwischen den Reben, kurz bevor man zu der Scheune kommt, in der sich der Mischraum befindet."

„Okay, verstanden. Wir werden bald da sein. Kümmere du dich um Ginny."

Er legte auf. Er sah, dass in der Ferne die Lichter eines Trucks auftauchten. Das war sicher Morgan. Wenn Morgan sich draußen aufgehalten hatte – er war der einzige, der so spät am Abend noch bei ihnen war – dann würde er nachsehen kommen, was los war. Schüsse auf dem Weingut entsprachen nicht der Normalität.

Er küsste sie auf die Stirn. „Ginny", sagte er. „Als ich gehört habe, dass die Waffe abgefeuert wurde, konnte ich nur daran denken, dass ich dich verloren hätte."

Sie sah ihn an. „Todd, als ich den Berglöwen gesehen habe und er mich angegriffen hat und ich den Abzug gedrückt und ihn verfehlt habe, da konnte ich nur daran denken, dass ich im Begriff war zu sterben und dass ich dir nicht gesagt hatte, dass ich dich liebe."

Er grinste wie ein Idiot, wie der Idiot, der er war, wenn es um sie ging. „Ginny Rossi McCoy, ich liebe dich. Es ist mir egal, wie wir das im Einzelnen bewerkstelligen, aber ich möchte, dass du von diesem Tag an und für alle kommenden Tage meine Frau bist. Ich möchte, dass du ein Teil meines Lebens bist. Und wenn ich jeden Tag von Tyler hierherfliegen muss, um zu meinem Weingut zu kommen, dann werde ich das tun. Aber ich sage dir gleich hier und jetzt, dass es eine

Menge Anstrengungen erfordern wird, um mich wieder loszuwerden."

Ihr Lächeln blendete ihn. „Todd McCoy, versuch du nur, mich loszuwerden. Denn eins sage dir, ich bin eine äußerst sturköpfige Frau und es dürfte nicht einfach werden, mich in die Flucht zu schlagen."

Er lachte und küsste sie dann, wobei er ein Auge offenließ und nach der Katze Ausschau hielt. Aber er wusste, dass Morgan unterwegs war und alles gut werden würde.

EPILOG

Es war eine wunderschöne texanische Nacht, die Sterne leuchteten hell und alle tanzten zu den Liebesliedern, die die Live-Country-Band spielte. Ginny war noch nie in ihrem Leben so zufrieden und glücklich gewesen. Sie war durch und durch glücklich, als ihr Liebster sie in den Armen hielt und ihr seine Liebe ins Ohr flüsterte, während sie einen schnellen Two-Step aufs Parkett legten.

„Ich liebe dich, Mrs. McCoy", flüsterte Todd, sein warmer Atem kitzelte sie am Ohr und sandte ein entzückendes Kribbeln des Glücks ihren Rücken entlang. Er drehte sie von sich weg, seine Finger hielten ihre leicht, als sie herumwirbelte um dann zurück in seine wartenden Arme zu gleiten. In die

Umarmung, nach der sie sich sehnte.

„Und ich liebe dich noch mehr“, sagte sie, küsste seine lächelnden Lippen und freute sich darüber, dass sie das tun konnte, ohne es später bereuen zu müssen. Er gehörte ganz ihr und sie gehörte ganz ihm und gemeinsam teilten sie eine Leidenschaft für ihre Liebe, ihr Geschäft und ihre Freundschaft. Wie genau das hatte geschehen können, war ihnen beiden immer noch ein Rätsel – aber es war geschehen, Gott sei Dank. Und das trotz der äußerst unwahrscheinlichen Gegebenheiten. „Wenn dein Großvater jetzt bei uns wäre, dann würde ich ihn in eine feste Umarmung ziehen und ihn auf beide Wangen küssen, dafür, dass er uns gezwungen hat, zu heiraten.“

„Er würde dich lieben. Ich habe einen Vorschlag: du könntest stattdessen mich küssen.“ Todd grinste verschmitzt und sie lachte, doch dann tat sie das, worum er sie gebeten hatte und erst als das Lied endete und die Menge klatschte, trennten sie sich voneinander. Sie lachten und betrachteten die Freunde und Familienmitglieder, die zusammengekommen waren, um mit ihnen ihre Hochzeit zu feiern.

Penny, eine Freundin von Todds Großvater, die alles über das Testament und dessen besondere Erfordernisse wusste, kam auf sie zu. Sie hatte diese Party für sie veranstaltet, genauso wie sie eine für Wade und Allie veranstaltet hatte. Der Bruder von Todds Großvater, Talbert, war bei ihr. Talbert war der Großvater von Caroline, Denton, Ash und Beck, allesamt Cousins und Cousinen von Todd. Sie hatte sie noch nicht alle kennengelernt, aber Talbert und Caroline liebte sie von ganzem Herzen.

„Ihr zwei seht furchtbar glücklich aus", sagte Talbert und grinste sie mit einem breiten Lächeln an. Er war ein texanischer Ölmagnat, sah aber so bodenständig aus, wie es ein Cowboy in Jeans und Wildlederjacke im typischen Westernstil sowie Cowboyhut nur tun konnte. „Dein Großvater tanzt wahrscheinlich oben im Himmel in Anbetracht der Ereignisse, die sein verrücktes Testament ausgelöst hat."

Seine Worte erstaunten Ginny und ein rascher Blick in Todds Richtung verriet ihr, dass es ihm nicht anders erging.

„Du wusstest davon, Onkel Talbert?", fragte Todd.

Die Augen des älteren Mannes kräuselten sich an den Rändern. „Ja, ich schon, aber wohlgemerkt nur ich, von meinen Enkeln weiß niemand darüber Bescheid. Nur ich, Penny und Cal wissen davon. Wenn er nicht noch jemandem davon erzählt hat, dann sind das nur wir drei, denke ich. Wer weiß, vielleicht weiß noch jemand davon. J. D. war immer für eine Überraschung gut. Und über diese spezielle Überraschung bin ich so aufgeregt wie ein neugeborenes Kalb, das einen Schmetterling jagt." Er grinste schelmisch. „Vielleicht überrasche ich meine Enkel auch mit ein paar ähnlichen Bedingungen, wenn sie mir nicht bald ein paar Urenkel bescheren. Und ich scherze nicht."

„Oh", sagte Ginny und dachte an Caroline und daran, wie sehr diese so etwas hassen würde. „Für dich könnte es sicherer sein, damit noch zu warten, bis du von uns gegangen bist. Ich weiß, dass ich nicht gern mit Caroline zu tun hätte, wenn man sie zwingen würde zu heiraten. Auch wenn wir natürlich alle hoffen, dass du uns noch sehr lange erhalten bleibst." Sie umarmte ihn liebevoll.

„Das habe ich auch vor, deshalb müsste ich meinen Plan entsprechend abändern."

Todd runzelte die Stirn. „Ich stimme Ginny zu. Wenn du meine Cousins und Cousinen so richtig wütend machen willst, dann konfrontiere sie mit so etwas. Ich selbst war kein bisschen glücklich darüber und Morgan ist wie ein Bulle beim Rodeo. Er ist deswegen so erzürnt, dass ich nicht weiß, ob er Großvater jemals vergeben wird."

Penny seufzte. „Ich hoffe, er kommt darüber hinweg. Und ich hoffe, dass er nichts Dummes tut und sich an die Bestimmungen des Testaments hält, wenn er sie am Montag erfährt."

Todd zog Ginny an sich, was diese bereitwillig geschehen ließ. „Ich habe ihm gesagt, dass er vielleicht genauso glücklich wird wie Wade und ich, aber das hat ihn auch nicht friedlicher gestimmt. Du kennst ihn, er und Großvater sind häufig aneinandergeraten, sie waren sich so ähnlich. Sturköpfe, der eine wie der andere." Er küsste Ginnys Stirn. „Aber Morgan ist kein

Dummkopf. Er hat zu hart dafür gearbeitet, als dass er die McCoy Stonewall Hotelkette jetzt einfach kampflos aufgeben würde. Großvater wusste das. Wir können also nur darauf hoffen, dass sich alles findet."

Talbert grinste. „Es wird sicher Spaß machen zu sehen, wie dieser ruhige, coole, beherrschte Cowboy, der zu einem piekfeinen Großstadttypen geworden ist, sich der Herausforderung stellt. Ich habe J.D. gesagt, dass er verrückt ist, aber jetzt denke ich, dass er ein Genie war."

Ginny lächelte und schlang ihre Arme fest um Todd und sah ihm in die Augen. „Ich denke, er war brillant."

Todd küsste sie auf die Nasenspitze. „Ich bin froh, dass dieses ganze Debakel mit dem Testament uns zusammengebracht hat… aber ich kann mir nicht vorstellen, dass jeder, den man zwingen würde zu heiraten, solches Glück haben würde wie wir."

Penny seufzte. „Ich liebe diese Happy Ends."

„Ich auch", entgegnete Ginny gerade, als Caroline auf sie zukam.

„Was heckt ihr vier denn hier gerade aus?", fragte

Caroline und betrachtete sie einen nach dem anderen. Sie sah umwerfend aus in ihrem enganliegenden silbernen Kleid, das ihre brünetten Haare hervorragend zur Geltung brachte. Sie und Ginny hatten rasch Freundschaft geschlossen, sie waren einander sehr ähnlich, genau wie Allie gesagt hatte.

Ginny grinste. „Wir haben gerade darüber gesprochen, wie schlau es von Todds Großvater war, dieses Testament aufzusetzen. Ich glaube, du könntest auch von so einer Situation profitieren."

Alle kicherten und Talbert grinste wie ein verschlagener kleiner Junge, der im Begriff war, jemandem einen Streich zu spielen.

Caroline spottete: „Oh nein, ich nicht. Würdest du es etwa in Kauf nehmen wollen, dass mich irgendein armer Kerl aus einem anderen Grund als aus Liebe heiraten muss? Es wird schon schwer genug für denjenigen werden, den das Unglück ereilt, sich in mich zu verlieben. Ich kann ganz schön starrköpfig sein."

Morgan kam mit Wade und Allie auf sie zugelaufen.

„Sag das nochmal", sagte er und lächelte seine Cousine an.

Alle grinsten die beiden an.

Caroline sah ihn warnend an. „Ich habe nur gesagt, dass es nicht sehr schön werden würde, wenn man mich zu dem zwingen würde, wozu man dich und deine Brüder gezwungen hat. Ich möchte nicht lügen, halte es aber für äußerst unwahrscheinlich, dass ich in der Lage wäre, jemanden zu finden, der einem solchen Plan zustimmt. Ich fühle mit dir Morgan, da du als nächster an der Reihe bist." Sie sah ihren Großvater an. „Und du, lass dich nicht auf dumme Ideen bringen, Großvater."

Talbert zog eine Augenbraue hoch und kicherte und Ginny fragte sich, was der alte Mann wohl am Ende tun würde.

Morgan runzelte die Stirn. „Wir werden sehen, was das Testament für mich bereithält, aber Großvater wusste, dass ich nicht gut damit umgehen kann, wenn man mich zu kontrollieren versucht."

„Du bist auch nicht gut darin, zu verlieren", sagte Wade.

Todd stimmte ihm zu: „Das ist richtig, das bist du nicht. Also mach dich schon mal bereit, Bruder, du wirst es also durchziehen müssen."

„Wir werden sehen." Morgans Gesichtsausdruck war hart.

Ginny kam nicht umhin, darauf zu hoffen, dass es mit den Wundern noch nicht vorbei wäre und es dort draußen auch irgendwo die perfekte Frau für ihren Schwager gäbe. Von den drei Brüdern schien er der unnahbarste zu sein. Das hatte sein Großvater sicher ändern wollen.

Es würde interessant werden, zu sehen, was geschah. Ihr Blick traf auf Allies und sie zwinkerte ihr zu. Die Augen ihrer Freundin funkelten. Sie beide glaubten fest an J.D.s Plan.

Sie hatte die Liebe ihres Lebens gefunden und konnte sich ein Leben ohne Todd nicht mehr vorstellen.

Sie sah zu ihm auf, als die Musik zu spielen begann. „Ich finde, dieses Lied schreit geradezu danach, dass wir dazu tanzen."

„Nun, dann lass uns weitertanzen. Mir ist jede

Ausrede recht, um dich in den Armen zu halten.“

Und vor ihrer aller Augen zog er sie auf die Tanzfläche. „Du machst mich glücklich, Ginny. Ich liebe dich.“

„Ich liebe dich noch mehr“, sagte sie lachend.

„Das sollten wir später ausdiskutieren, wenn wir alleine sind“, flüsterte er und zog sie näher zu sich.

„Ich hatte gehofft, dass du das sagst“, seufzte sie zufrieden und schmiegte ihre Wange an sein Herz. Sie war genau dort, wo sie sein sollte.

Danke, Großvater J.D., dich liebe ich auch.

Über die Autorin

Der Name der zeitgenössischen Bestseller-Autorin Hope Moore ist das Pseudonym einer preisgekrönten Autorin, die in Texas lebt und von Cowboys umgeben ist. Sie liebt es, Liebesromane und Happy Ends zu verfassen. Ihre herzerwärmenden Liebesromane sind voller schöner Helden, die es zu lieben gilt und wagemutiger Frauen, die ihre Herzen gewinnen.

Wenn sie nicht gerade schreibt, versucht sie hartnäckig, nicht zu kochen, da sie von Erdnussbuttersandwiches, Kaffee und Käsekuchen leben könnte. Seit sie schreibt, ist sie kaum noch in sozialen Medien präsent, aber sie LIEBT ihre Leserinnen und Leser, also melde dich für ihren Newsletter an und sichere dir die kostenlose Kurzgeschichte DIE WAHRE LIEBE IHRES MILLIARDENSCHWEREN COWBOYS.

MILLIARDENSCHWEREN COWBOYS, die Vorgeschichte ihrer Western Liebesgeschichten-Serie der McCoy Milliardärsbrüder!

Dieses Buch ist nur für Newsletter-Abonnenten erhältlich und ist die süße Liebesgeschichte von J.D. McCoy, dem geliebten Großvater der Brüder. Du wirst außerdem Leseproben ihrer Abenteuer, zusammen mit Sonderangeboten und neu veröffentlichten Büchern erhalten.

Bitte kopiere diesen Link und füge ihn in deinen Browser ein, um dich anzumelden: https://www.subscribepage.com/cowboyromantik

9 781646 259809